欢欢的故事

刘永全 著

作家出版社

目 录

前 言

文学作品中关于人与狗的故事,已经有很多很多,而且都很动人感人。因为生活本身就是这样,人与狗的故事原型就是这样。不过,我仍然相信,这本书所记下的小狗欢欢的故事,肯定有新意,有趣味,会动人,会感人,理由如下:一、我不是搞文学的,没什么写作经验,这么多的故事与其说是写出来,不如说是记下来,所以就必然是故事真实,态度真诚。看了初稿的朋友都说的确是这样。二、我养的小狗欢欢是“藏獚”品种,这个品种的小狗是藏区三宝(另两宝为冬虫夏草和猫眼石)之一,内地很少,所以她的灵性确非一般,她的一些行为经我与养狗圈的朋友交流,的确罕见,这样就会有一串串的有趣故事。三、由于我是医学硕士出身,这就使得我观察小狗时,较为科学也比较专业,经常有人所未见的发现。四、我这个人精神上比较浪漫,情感上也算丰富,而且又相当恋旧,所以我对相处了十四年的小狗欢欢,真的是感情至深,也的确一直把她当成自己的小女儿。这样写欢欢的故事,先不说打动别人,自己有时竟被自己写出的欢欢的故事感动得不行。五、这十多年来我一直积极参与中华文化的传播,“三句话不离本行”,我对欢欢的观察与分析,有时就脱离了文学,跳到了文化思考方面,虽然自认为这对整个故事有所升华,但毕竟离开了文学常道,这是需要朋友们理解的。

上面的文字写完,才觉得好像是为本书做的广告,又好像有点王婆卖瓜。但我绝没有那样的主观故意,我的确是提笔未假思索就写了上面的话,真的是情不能违,思难以禁啊!如果朋友们看这本书的时候,能有身临其境的感觉,与笔者同乐同趣,同思同悲,并有一些意外的收获,我也就心满意足了。

刘家全

甲午年正月十九日

这是欢欢的标准照，体型体态神韵均真实自然。沙发上的这个位置是欢欢最喜欢待的地方，上面的沙发背就是欢欢常卧处，可以一目了然地送迎爸爸妈妈出门或回家。

欢欢刚刚到来，其时爸爸的事业也刚刚起步，爸爸与小女儿的情感历程也正开始，所以，爸爸搂着小女儿，忙着工作，情感事业两不误！

第一章 天 缘

人到中年,就会特别关注起自己的儿女来。要我说,一个中年男人如果有个不大不小的女儿,那简直就是一种福气了。只一句“女儿是父母贴心的小棉袄”,就能让人的心中温暖半天。

欣慰的是,我差不多还有两个女儿呢:大的正值芳龄,一米六八的个儿,亭亭玉立;小的十三岁,却只有三十厘米的个儿,不过也长得秀眉大眼。

为了不让大家误以为“小女儿”得了侏儒症,我得说出事情的原委:“小女儿”其实就是我家的小狗欢欢。

这么称道人狗关系,自认为并没有矫情之味,倒实在是一种真情所至。

不过,让小狗升任“小女儿”,却实在是大女儿“教唆”的结果!

还在十多年前,女儿每从学校回家都要先逗逗欢欢,等要忙自己作业时,就对欢欢挥挥手:“乖乖,找老爸去!”然后朝我这里指一指。欢欢就真的小跑着过来蹲在我面前,用忽灵的大眼睛看着我,我能怎么样呢？还不赶快把这个“小女儿”揽在怀里。

“小女儿”一到怀里又是蹭小脸，又是喷鼻子(喷鼻子用我的医学常识推测，应是激动后流泪太快，泪水从鼻泪管流到鼻腔后再喷出)。这还不够，接着就要舔“老爸”的脸，袖珍型的个儿从“老爸”的胸脯爬上来也只够着下巴，“小女儿”当然不会满足，仍然鼓着劲儿继续往上攀，非要够着脸不可。

每每在这个时候，我这个“老爸”就扶一扶“小女儿”，以满足她的柔情。我与“小女儿”就这样一直演绎着“父女”情的家史。

西历 1995 年的 2 月，夏历的春节刚过，古城的气温骤升。

一天上午，我骑着摩托车从南二环穿过文艺路南口，只见与南二环相接的 T 字形街口路面上挤满了人。

原来，古城最大的狗市这么早就开市了。这座西北地区最大的城市，城里城外的几个狗市我都熟悉，这几年为了选狗做实验，一直常来常往。

于是，减速侧目。人群熙熙攘攘，里面的宠物品种繁多，形态各异，不由自主地停下车进去瞧瞧。

溜达了半圈，路边一只小笼子吸引了我的目光。笼子里蜷卧着一只小狗，约三十厘米体长，一身黄白花长毛；小圆脸，嘴巴宽而短；最为特别的是它的两只眼睛，大得出奇，几乎占据了小脸的一半，圆溜溜的眼珠子，黑闪闪亮晶晶，从侧面看明显地凸出于眼眶；有趣的是还有个黑眼圈，眼圈上方一排睫毛，看人时睫毛一眨一眨，特别有神。

我正要蹲下细瞧，一句川味普通话响起：“大叔，这可是只好狗哩，我是从四川老家带来的。”

我一抬头，见说话者是一位年轻的姑娘。

我反问："好还舍得卖？"

姑娘流露出无奈的神情，说："最近朋友在广州给找了份工作，让快点过去。可那里禁养狗，没办法啊！"

"叫啥名，几岁了？"我问。

"欢欢，八个月了。"

"啥品种？"

"藏猸，这在藏区可是宝物呢！没听说藏区有三宝：藏猸、猫眼石、冬虫夏草吗？第一个就是它。那么多不同品种的狗，就它能进寺院，所以又叫'祈祷犬'，冬天喇嘛放在袖筒里暖手，所以也叫'袖犬'，平时晚上放出来守护寺院，因为叫声特强，眼睛特大，夜视特好。您看这眼睛，街上还有比它更大的吗？"川妹子特别强调了她的小宝贝的优点特性。

我说："眼睛是大，但看着怪瘆人的！"

姑娘一听笑了："眼大才有神，怎么会瘆人呢？"

我提议："放出来走走看。"

姑娘打开笼门叫："乖乖，快出来。"

没想到小家伙听见笼外的喊话，却头冲里躲进了笼角，并不理会笼外的招呼声。它显然不想出来。

姑娘伸手将她的宝贝乖乖拖出笼子，谁知刚放到外面地上，它又想往笼子里钻。这与川妹子刚说的"多么勇敢、护寺专用"形成了很大反差，多少让人有点失望，于是，我起身瞅起了别的地方。

姑娘见这情景，赶忙解释："它是第一次出门，不习惯。"

我说："满大街就它胆小了。"

姑娘坚决否认："不是的，它清高得很哩！看见这乱糟糟的街道，它是讨厌，不是胆小。在家看见再大的狗都敢往上扑！不像别的那些，你们老陕叫街狗，老油条了，满世界乱跑也无所谓！"

姑娘这话挺管用,几句下来差不多已经让我动心了。那就买下吧,这么大的眼睛还真碰不上。但我仍对姑娘说:“我得到市场再转转。”

姑娘说:“那我陪您转吧!”

“怎么,你要强卖啊?”我故作姿态地反问。

姑娘莞尔一笑,说:“遇上好人家了嘛!”

到了这个份儿上,也就只有谈价成交了。

姑娘却说:“大叔,说实在话,我打心里是不愿卖欢欢的,名义上也不能卖,我看大叔您是厚道人,欢欢给您我也放心,您就算支持我去广州工作,我卖给您笼子,欢欢送您,您就给个车费吧。”

姑娘的话非常在理,也的确流露出她与欢欢的深情厚谊,让人有种肃然起敬的感觉,而欢欢的身价也立时增至不可计量的程度,我还有什么可说的呢?

是啊,真正的感情又怎么可能用金钱去计量呢?

姑娘帮我把笼子提到摩托车后座上,我固定笼子,她讲怎样照料欢欢,从吃喝拉撒睡,一直到洗澡梳毛剪指甲,样样叮嘱。我已经绑好笼子了,她还在那里一样一样地强调。

我急着办事,就打断她的话说:“好啦,我知道咋养它的!”

姑娘大概把我急着走理解成了不耐烦,就停住刚才的话头,红着眼圈说:“大叔,欢欢今后就靠您了,您一定要对它好啊!”

这时,笼子里的欢欢似乎也感觉到了不对劲,突然躁动起来,用它的小爪子急急地猛抓笼门,还隔着铁笼子望着它的亲人“哼哼哼”地叫。姑娘打开笼门伸手进去,从欢欢的头顶顺毛抚摸到尾巴,眼里闪着泪花说:“欢欢听话,跟好这位伯伯!”

这样的一幕让我深深地感动,就对姑娘说:“放心吧,我已经养大了一个女儿,从今天起我就再养一个!”

姑娘听到这句话，抽出手关好笼门，向我深深地鞠了一躬："那我就先替欢欢谢谢伯伯！"

我想，赶快离开这里吧，不然我一个长辈也要陪这位姑娘流泪了。我就立即跨上摩托，向姑娘挥挥手大声说："放心吧！"一加油门，立时驰了出去。

七拐八拐到了一个十字街口的红灯下停车，忍不住朝车后座上看看欢欢的动静。令人惊奇的是，欢欢趴在笼子里，头没有朝后，没有朝前，也没有朝侧，而是斜角向一个方向张望着，这个斜角的方向正好就是狗市的那个方向！

我不知道那位川妹子是不是已经离开了街市，忙她的广州行去了，但欢欢却在遥望着离别的那个地方。

这让我有点惊奇，心想，这只小狗怎么会有这么强的方位感呢？联想刚才欢欢的表现，才意识到这只小狗还真不能轻看，它有着深沉而细腻的感情呢！

就这样，我有了欢欢。

就这样，欢欢作为我情感上的又一个女儿，陪伴我达十四年之久——随我走过了事业的初创期，伴我达到了事业的巅峰，在我的身边演绎了无数的有趣故事，同时也不断以她的行为方式给我以广泛的启示，甚至让我思考一些深奥的人生哲理与社会文化问题。

由此，本文的写作，就不可能是纯文学式的，这一点可能让一些读者朋友失望，但这又是没有办法的事情，我只能真实地记录下欢欢的有趣故事，也真切地表达我的所思所想，方可了却我一件多年的大心愿啊！

欢欢来一段时间后，就最爱缠爸爸，爸爸也爱逗小女儿。小女儿很疯，看看这情景，虽然个儿娇小，在爸爸“刁难”她时，她却不甘示弱，直立起来非要叼到爸爸手里的东西不可。

欢欢作为这个家庭的新成员，当然也要常回老家看看。带着欢欢回到家乡，漫步在乡间的小路上，父女俩都很自得惬意！

第二章 初识

第一次带欢欢回家，家里人还不太习惯，担心欢欢身上有跳蚤啦、虱子啦什么的，也怕脱毛影响家里的卫生，其实这些都是小事，最主要的是岳母和夫人，她们对那些毛茸茸的小动物心理过敏。岳母一辈子不养小狗小猫，夫人也不分猫与老鼠，只要是那种毛乎乎的东西都疏而远之。

但是，今天我却没有考虑太多，径直将小狗欢欢带回了家。岳母和夫人看到我这么兴冲冲的样子，当然不好扫我的兴，勉强中也就先接受下来吧。

其实更不习惯的是欢欢。

它从上午到家后的一个整天，就一直蜷卧在笼子最里边的角落，对周围的一切都不理不睬，喂食不吃，给水不喝，打开笼门不出来，甚至连周围这么多关心它的人都好像不存在一样，用正眼瞧一瞧的兴趣也没有。

女儿放学回来，看见家里添了只小狗，简直高兴得不得了，围着笼子一遍遍地呼唤“欢欢……欢欢……”,欢欢却无动于衷。

到了下午,欢欢却在笼子里撒尿了,尿流到地上,颜色很黄,拿医学常识来说,欢欢长时间地不吃不喝,显然已经有点脱水了。

情急之下,我便伸手想从笼子里拖出欢欢,不承想,手刚一到笼口,欢欢脖子上的毛立即竖了起来,喉咙里发出“呜呜”的威胁声,并且嘴角有隐隐的龇牙动作。凭常识,这是要下口咬人的警告。

没想到欢欢倒挺厉害的。不过, 这般的不友好并没有使我气恼,却反而让人高兴。因为,这表明欢欢是很有个性的。

不气恼而高兴,表明我对这个小家伙已经有了一点偏爱,但是,不吃不喝总不是个办法呀! 大家围着笼子干着急。

到了晚上还是这样,只好将水和饼干放进笼子,等明天再说。

第二天一早起来,全家人都去看欢欢的动静,笼子里吃的喝的原模原样。欢欢仍蜷卧在笼子最里头的一角,一动不动。这下子真让人着急了。我一上班就是一整天不在家,这可怎么办呢?

还是把欢欢顺便带到单位去吧。

我匆匆吃过早饭,收拾好摩托,将卧着欢欢的笼子悬挂在摩托车手柄上,一踩油门快速地上了路。

穿行过一条条马路,飞掠过一拨拨人群。每当摩托车在人流中慢下来、停下来时,便有人注意到了摩托车手柄下的笼子,笼子里的小狗。人们围上来观看时,总要自言自语地发出惊奇的叹问:“小狗还有这么大的眼睛? 没见过! ”

笼子里的欢欢从一上路也一改以前的冷漠状态, 半蹲起来,忽闪着那对大眼睛,很关注地看着笼外的一切。虽然,我知道欢欢的心现在还没有归属于我,但听到周围这么多人的赞叹,我的心里顿时生出许多的惬意。

到了单位,将笼子放在办公室的地上,我马上开始了一天的繁忙工作,欢欢也在笼子里蹲起来,开始观察着我的一举一动。

中午时分,欢欢在笼子里抓门,我打开笼门,它第一次小心翼翼地走出了笼子,这儿闻闻,那儿嗅嗅。给饼干仍然不吃,切一片火腿肠,它嗅了一会儿终于犹犹豫豫地吃了,倒了一小碗水也用小舌头吧嗒吧嗒地舔着喝了。

到这时候,欢欢已经整整停食一天一夜了。吃了喝了就走过来嗅嗅我的鞋,我伸过手去拍拍它的小脑袋,它生生地接受了。过了一会儿,它还是回到自己的故地,蜷缩着卧在笼子的最里边。

当天下午下班,我又带着欢欢一起回家。到了家里,将笼子放在地上,打开笼门,欢欢朝外看了一会儿,犹犹豫豫地走出笼子,仍是这儿闻闻,那儿嗅嗅,最后蹲在我的脚边不再离开。我起身走到哪里,它也跟到哪里。女儿过来抚摸它,它躲避着,但并不十分拒绝。

就这样,欢欢与大家初识,然后慢慢地混熟,在这个新家庭开始了新生活。

新生活的第一幕是讲卫生。

刚到家时,欢欢还没有固定撒尿的地方,夫人就教它。只要发现它有撒尿前的动作，比如在墙角疾速地嗅着地面等，夫人就立即抱起送到卫生间，放在一张报纸上，报纸提前沾上一些欢欢撒的尿。

起初,我可没那个奢望,总觉得八个月的狗已经是“成年”了,所有习惯也都养成了,怎么还能学会新事物呢?

所以，夫人训练时，我就在一旁提醒她:“老狗学不出新花样!别费劲儿了！”虽然欢欢在年岁上并不老。

不过,很快欢欢就用事实证明我是“聪明反被聪明误”:夫人只将欢欢在同一个地方放了三次,欢欢就知道让自己干什么了。以后每次有情况,它都是很自觉地到卫生间的同一个地方去,头几次是在报纸上,以后连报纸也不用了。

欢欢方便完,当然就轮到我忙活了。夫人每每见我那么专注地清洗地砖上的尿渍,就啧啧称道:“这下可有了回味养女儿的甜蜜事情做了!”

夫人说得不错,女儿小时候的尿布就是由我来“承包”清洗的。那时“承包”这个词儿刚刚开始流行,我与夫人分工时,便主动“承包”了为孩子洗尿布的活儿。

为此,我还“发明”了快速晾尿布的“开口式晾衣架”:其实就是将八号粗铁丝折成衣架,铁丝一头向上弯出个挂钩,下面横杠的一头直伸着不向上回绕,直接呈开口状,这样,不论是搭上洗过的湿尿布,还是收回晾干的干尿布,都只用一只手从开口处操作,特别的方便特别的快捷。

正因为这个,到现在我仍然为市场上见不到工业化生产、商品化销售的这种“方便晾尿布架”而遗憾,心想,我又没有申请专利保护,为什么就没有哪个企业家操这个心呢?也许是因为现在都用上了“尿不湿”吧,问题是哪个更环保,哪个更节省呢?

当然,我的那句“老狗学不出新花样”的“名言”,往后可成了自己的一大短板,也成了夫人有时对我的话不以为然的封口令——遇着在一起议什么事,夫人要是不认可我的说法,她就会顺口点出那句“老狗学不出新花样”的“名言”,这种情况下,我便顿时无言以对。

欢欢新生活的第二幕就是跟着我们出游。

欢欢来后头几月还有点认生,平时不大缠人,我要上班了,它也会过来挡在我的脚前,希望我带着它;如果不想带它,就俯身拍拍它的头,说一句“乖乖,听话,在家噢”,它也就马上让开路,安静地站在一边,目送我出门走远。

但是，每到周日，欢欢会把我跟前跟后，死死缠住，任何安抚都不起作用了。开始我并没有留意它这样的表现意味着什么，后来才发现，欢欢已经完全掌握了这个新家庭的生活规律：一到周日，我和夫人总要带着女儿出游。

所以，每在这一天的早晨，欢欢早早来到我的房间，先趴在床边看着我“哼哼哼”地叫。我拍拍它的小脑袋，它就跳到床对面的沙发上，趴在那儿观察我的动静。只要见我起床后取出行包，欢欢立时便兴奋起来，瞪大眼睛跳下沙发，在我的脚前绕来绕去，寸步不离。

通常，我将行包放在地上拉开拉链，准备往里装出游行李，欢欢却先跑过来，赖唧唧地硬往行包里钻。我一手挡它，一手赶紧往包包里塞东西，它却趴在包包口占着位置不下来，这时只有让女儿抱起它，我才能收拾行装。欢欢在女儿怀里仍不安分，望着行包乱蹬腿，并且一直在“哼哼”地叫，这种情况下，谁能忍心不带它一起出游呢？！

欢欢的目的经常就这么轻易地达到了！

有时候，的确不方便带欢欢，我们出发前就到另一个房间关起门来“密谋”怎么出行。谁知，刚说了几句，欢欢径直找了过来，在外面狠劲地抓门。夫人怕它把门边抓毛，只好将门打开。欢欢一进来就蹲在旁边观察我们的情况。

其实，它对我们的“密谋”行为更加敏感，并且大概已经估计到了不想带它。它蹲一会儿就先“呜呜呜”地低声叫，然后就“汪汪汪”地大声喊，吵得我们无法再议行程，让人又好气又好笑，又不能不叹服欢欢察言观色的准确。

一般是我先心一软，就决定带它。时间长了，欢欢又掌握了这一规律：对带不带它我最容易动心。以后每逢出游，欢欢自然就是重点缠我了。

对于欢欢这么准确地记着一周的时间节律，不得不令人称奇。于是我就想，人类最早的计时还要借助于结绳，后来才发明了文字历法，现代人基本上是靠日历计日期，靠钟表计时间，要是没有这些外在的工具，现代人的生活肯定会乱套，至少要那么准确地记住某一天某一时，并不是一件容易事。

然而，欢欢却能非常准确地记住周末，记住早晨准备出游的时分。这说明欢欢的“生物钟”是相当发达的。

另一个就是欢欢为什么将周末跟着我们出游看得那么重要？

也许一些朋友马上会说：狗有野性，所以才爱到野外去。但我并不这么认为，实际上，狗的恋家超过了人，只要这个家为它提供最基本的生存条件，有一点点吃的，哪怕是残汤剩饭，狗也永远不会离家乱跑，而且它们永远只有一个家。

反观我们人类，尤其是现代人，已经越来越不安分，工作之外满世界乱跑已成为生活常态。更为可悲的是，现代人对家的观念愈来愈淡漠，有些人干脆建了好多个家，乱跑那更是免不了。

这么看，我觉得欢欢这样坚决地要跟着我们出游，它就是为了亲近它的新家庭成员。因为这个新家的人一周都在忙各自的事，只有周末这一天才能轻松自然地团聚（那时还是单休），欢欢又怎么能不珍惜这一天宝贵的亲近机会呢？

想到这些，我就有了更深层面的思考，觉得欢欢这样依着它的本性生活，重家庭天伦和人间温情，是不是这才是家庭成员最健康也最有益的生活方式？反而是我们人类，受到的主观与外界影响很多，结果就丢掉了本有的合理的生活方式，进入到一种人为的、很可能也是错误的生活状态中不能自拔。

比如家人的亲情关系是天然温暖的责任依存关系，而现代社会流行的“自由论”，却要把这种关系变造成个性独立、个人中心、互不依存的散沙关系，从而使亲人之间成为一种冷冰冰的公事公办状态,这明显是用一种人为的理念干涉自然生活方式的结果。

还有,人本来与土地有着天然的亲和性,但现代社会的高楼大厦隔开了这样的联系,使人愈来愈不接地气,从而使人的生命似乎也变得脆弱起来。

现代人已经深深地陷入这样的现代生活之中,只这一点,我们人类,自以为是得近乎狂妄的现代人,是不是应当进行反思？至少现代人是不是应当从欢欢所代表的狗类表现出来的生存方式中得到些许的启示?

这是一张难得的照片：欢欢爱看电视上的动物节目，这一次在爸爸反复阻挡她的视线后，她跳下沙发，跑过去直接趴在电视机屏幕前观看。当时电视里正播放武警战士训练警犬，警犬从屏幕左边拉出去，欢欢看不见屏幕上的警犬了，就在房间左边大面积地寻找起来，让人既惊奇又叹服欢欢的灵性。

人们常常对一种态度用一句话概括:“睁一只眼,闭一只眼。”没想到欢欢静卧养神时也会这样。

第三章 灵 性

小时候常听母亲说，狗是最通人性的。对这个说法一直没有留意验证过，自从有了欢欢，不验证也由不了自己，而且很快就发现欢欢非常地通人性，也就是它有着相当的灵性。

比如欢欢竟然爱看电视，只针对这一点，我问遍了身边许多养狗的朋友，他们都说没见过狗爱看电视的情况。

进一步观察，发现欢欢居然和我喜欢的电视节目一样，主要是动物类，所不同的是我什么动物都看(我爱看动物节目是因为感觉现在电视里的角色，恐怕只剩下动物还有一点真实性的缘故)，欢欢却只爱看大型猫科犬科动物，像狮子呀、老虎呀、豹子呀、狼呀、犬呀一类。

每次电视里这样的节目一开播，原本卧在沙发上，身子挤在我身边的她(为了表达我对欢欢的感情，后面文中欢欢的第三人称都用“她”字)立刻蹲起，目不转睛地注视着荧屏。有趣的是，中间一插播广告，欢欢也就马上趴下睡觉。广告结束，她又蹲起来接着再看。

有一次是一个军事节目，里面播放武警战士训练警犬，欢欢一开始就蹲在沙发上盯着荧屏，我感觉欢欢看得太认真了，就故意用手挡在她的眼前，欢欢便将头歪向一边，仍然目不转睛；我的手又跟过去挡住，她的头又歪过来接着再看。这么来回了几次后，欢欢有点烦了，跳下沙发跑到电视机前，干脆趴在电视柜上看着荧屏(刚好小相机在手边，顺便就拍了一张，见本章前面)。

欢欢趴在电视柜上看了一会儿，电视画面里，武警战士将警犬牵向左侧，最后从画面上消失了。这时，令人惊奇的事情出现了：欢欢从电视柜上下来，绕着电视柜的左侧，鼻子紧贴着地面嗅起来，边嗅边转到了电视机背后，又从右边转了出来，接着又在电视机左侧更大面积的房间地板上嗅着什么找着什么。

显然，欢欢以为那只警犬从画面左侧走了出来，走到了电视机左边的房间！欢欢当然不懂电视是怎么回事，但她却能理解画面方位与房间方位的关系，这是很让人吃惊的！

此后，欢欢在我的心中，动物的定性开始淡化，而“人”的定性开始形成。因为她的灵性的确达到了惊人的程度。

欢欢的灵性表现在许多方面，比如当她听到客厅电话铃声，听到家人的敲门声后，都会马上跑到里间房子叫人，这也经常让人感叹不已。

有一次我在单位加班回家晚了，家里人以为我住在了单位，睡前反锁上了大门。等我到家后却用钥匙开不了大门，只能敲门，但那天晚上正好遇上了一场暴风雨，风声雨声盖住了我的敲门声，为了不吵着邻居，我又不能猛劲敲，所以怎么敲也不开。我就只好站在楼梯平台上歇一歇，把淋湿的衣角拧一拧，展一展。

过了好大一会儿，在我已经无望而又准备返回单位时，房门忽然开了条缝，是岳母向外张望。她见我站在楼道浑身淋湿，赶快开门让我回了家。

岳母问:“在外面等了好长时间了吧?”

我说:“有一会儿了。”

岳母解释说,欢欢一直在抓自己的房门,并且大声哼哼,自己却没在意。时间一长,欢欢在房门外大声“汪汪”起来,才觉得好像有事,就起来看看,一开里间房门,欢欢又跑到外大门里再叫,自己才开的外大门。

岳母最后说:“要不是欢欢,你今晚可要受罪了!”

欢欢灵性最神的地方,应该是她能将家人按照自己的观察,分成“三六九等”。比如在家里我对欢欢最亲,女儿对她最爱,但她却经常把我这个“爸爸”当成二号人物,把女儿这个“姐姐”当成三号人物,只有她的“妈妈”,我的夫人才始终是一号人物。

欢欢这么认知是十分正确的,因为在家里,只有夫人永远是张罗这张罗那的角色。显然,欢欢从这样的张罗中判断,只有夫人才是这个家庭的生活主角。尽管我是这个家庭的事业主角,女儿是这个家庭的情感主角,但欢欢理所当然地重视与她有关的家庭生活,所以她就进行了这么准确的排序。

这样的排序在我们三个人从外面回家一起进门后,稍微留心一点,从欢欢的表现中就能明显看出来。每每是欢欢跑过去先迎接夫人,然后马上到我这里表示一下,最后再到女儿那里亲热一番。等我们坐到沙发上,欢欢便跳上沙发蹲在夫人的身边,但脸却朝向我,很专注地轮着看我和她的姐姐。我倒无所谓,但有时候太突出太明显,女儿就赌气了,指着欢欢说:“你个小没良心的……”

我知道女儿没说出口的是“东西”两个字,女儿是把这个词儿又咽了回去。她怎么能说自己这位好“妹妹”为“东西”呢?!

当然,欢欢也会跟她的妈妈怄气,那是因为有时候还没有到撒尿时间，夫人就预防性地逼她到屋外面去讲卫生，用脚点了她时；或者哪一次出游是夫人坚决阻止带她以后。这种情况下，欢欢一般都是三天不理不睬这位“后妈”，对我和她的姐姐却更加亲近。夫人因受冷落而无趣时，我和女儿就有点得意，女儿还故意把欢欢逗得与她亲热得不得了。

不过我和女儿的得意也持续不了多久，一般欢欢从第四天开始又接近她的“后妈”，大约一周后就又恢复了正常。

欢欢对夫人这种阴晴圆缺的态度，是这个家庭最有趣味也最发人深思的事情。本来欢欢把夫人当成一号人物，但只要她感觉这样的“一号人物”像“后妈”一样“欺负”了自己，她却不会“忍气吞声”，甚至去“摇尾乞怜”，而是干脆不理不睬。这样的过激反应，既让人忍俊不禁，又禁不住对欢欢的清高孤傲、不畏强势而暗自叹赏。

每遇到此情此景，我便想到欢欢不但是有自尊心的，而且自尊心是非常强的。不知道欢欢这样的自尊在狗类中是孤例呢，还是有一定的代表性，但就以欢欢来比较一下我们的一些人类同胞，恐怕相当多的人也有不及她的地方吧！

尤其在当下，经过近百年来对民族精神的严重摧毁，近几十年来商业大潮的肆意冲击，国人同胞的气节意识大大地耗损，有的惧上，有的媚强，尊严尽失，人格几无。倒是如欢欢这样的灵性动物，因为不受人类社会时代风潮的影响，也就未受国人普遍堕落的状况影响，反而保留了一份纯真的勇气与骨气。

无论如何，欢欢的表现实在是一面镜子，是对我，对我的同胞，对我们现代人的警示：人之所以为人，不就是有那么一点点尊严和气节吗？如果不在意这个，那人还能称之为人吗？

写完了《剪甲》一章，翻箱倒柜找欢欢照片时，居然意外发现了这张给欢欢剪指甲的照片，高兴的同时又让人重浸于《剪甲》的细节回忆之中。

这张照片显示，大女儿与妈妈亲热时，欢欢感觉冷落了老爸，就转过身凝望着老爸，好像在说：爸爸您别介意，还有我这个小女儿呢！

第四章 剪 甲

有了欢欢这个开心宝贝，随之而来的当然是对她作为女儿的生活照应了。凡养狗的人都知道，养大犬与养小狗是完全不同的，大犬只是给吃的，不用操太多别的心，小狗却要洗澡、剪甲、梳毛，等等。因为小狗的野性已失去了许多，对环境的适应性大大地减弱，有的小狗的生存已经与人类同质化，有的小狗甚至必须由人类进行剖腹产才能生出来。

像欢欢这样长期与人类的一部分上流阶层（藏传佛教寺院）共同生活的小狗，她们的生活长期得到人类的照顾，那也是自然的。

比如，欢欢的指甲要人工剪短，就是一件必须要照料的事情。对此，在欢欢刚来时，我和家人还真没有给予足够的重视，结果就惹出了一件事故。

说实话，当初收养欢欢时，那位川妹子曾经特别强调过给欢欢剪指甲的事，但我觉得她太感情用事了，那些婆婆妈妈的事说了半天，便有点不耐烦地打断了她的啰唆，急乎乎地带着欢欢离开了她。

回来后,有时也想起川妹子的忠告,就时不时地给欢欢洗洗澡,时不时地给她剪剪指甲。女儿还买回了个专门给小狗梳毛用的梳子,我和家人也时不时地给欢欢梳梳毛,并没有注意那些特别要照顾的地方。

欢欢的确是个吉祥物。自从有了她,我的事业也有了快速的发展,家里的经济状况得到了大幅度的改善,破天荒地住进了三层小楼。

搬到新家后可把欢欢乐坏了。平时她在一层,卧在沙发上,透过客厅的大块落地玻璃,能一览无余地观察屋外的动静,看家护院的事简单到了只需抬抬眼皮。

岳母和女儿住二楼,我和夫人住三楼。只要我们各在各层,欢欢便楼上楼下地疯跑,由于欢欢身材小巧,上下楼都是一个台阶一个台阶跳,跳一下"噗嗒"一声,连续跳,就一串串"噗嗒""噗嗒"声。根据声音的走向和停止,身在三楼房间的我也能知道欢欢跑到了哪个房间。

住小楼是好事,但对家里人来说,上下楼却是个负担,而对欢欢,却好像是享受一样,她特别喜欢楼上楼下地串门,所以我总是听见过一会儿就有欢欢"噗噗嗒嗒"的上楼声,再过一会儿又是欢欢"噗噗嗒嗒"的下楼声。

但是,欢欢上下楼的热情在持续了一段时间后,却突然降温,不太爱上楼了。每次我上楼时她总是要跟到楼梯口,就站在那里不动了,一个劲地摇着尾巴,望着我往楼上走,我叫她跟上,她也不反应,仍只站在那里看着我。每在这个时候,我也不多想什么便自顾自地上楼,去忙自己的读书写作事。

就这么过了一段时间,欢欢不上楼,大家都感到楼上有点冷清了。女儿有时就把欢欢抱到二楼或者三楼，下楼有时抱下去，有时不抱，欢欢也就自己慢慢下去。

然而，有一次女儿上学走得急，没有抱欢欢下楼。中午女儿回来，发现欢欢还在楼上，喊她下楼，她只是站在楼梯口看着姐姐就是不动，女儿没办法，就又上楼抱下了欢欢。由于欢欢吃喝拉撒睡一切都很正常，大家也就没有往别处想。

这一天晚上吃过饭我要上楼，欢欢又跟过来，照例走到楼梯口站在那里再不动作。也许因为自己当时心情好，就想和欢欢待在一起，便对欢欢说："喂，还是小娃娃，都懒得不上楼，真要老爸抱了？"说着就蹲下身子抱起欢欢，向三楼走去。

走到二楼与三楼的楼梯转弯平台处，我想就这么几个台阶了，还是让欢欢自己上，便将欢欢放在了脚边的楼梯上。欢欢站在那不动，我自己径直上楼，走到楼梯口回头看，唉，欢欢还是不动。

我想，就这几步路了，也不能懒到那个程度吧！还得让你锻炼锻炼啊，就不管你，看你上不上楼！想到这里，我便转身走进自己的书房。

过了一会儿，听见楼梯有"噗嗒""噗嗒"声，从声音走向判断好像欢欢是在下楼，这让我有点意外，也有点责怪，心想怎么就几个台阶都不上了？心里正不痛快，却听到了欢欢的呻吟声，"噗嗒"一下，呻吟一声，连续几下后，突然听见欢欢"嗷"地尖叫了一声，"噗嗒"声停止，"哼哼哼"的呻吟声持续传来。

我赶忙走出书房到楼梯口一看，欢欢的确没有上楼，而是从中间平台下到了二楼，正趴在地板上舔着她的一只前爪，从刚才放欢欢的楼梯中间平台到欢欢现在趴着的地方，竟然是一串的血迹！

我马上向二楼走下去，女儿也冲出了房间，看看欢欢是怎么回事。女儿抢先抱起了她的妹妹，我看见欢欢一只前爪血糊糊的，赶忙掏出手绢纸擦拭，才发现欢欢的这只前爪竟然成了这个样子：一根指甲由于长得过长，向着掌面回弯了三百六十度，指甲尖已深深地刺进了她的掌心部的皮肉内；刺入的地方掌面形成了一个小坑，小坑底部继续向外流着血，鲜红的血液滴答滴答地落在地板上。

一切都明白了，欢欢的长指甲倒弯回去压在掌面皮肉上，应该有一段时间了，这才造成了她不敢用力踩地，而上下楼又必须用力下踩，这样，欢欢就只好尽量不去上下楼。这一次我将她放在半路，逼得她只能硬下，用力的结果是终于刺破了掌心的血管！

现在血仍在流，要止住血就要马上处理伤口。我转身找来剪刀，将欢欢这根过长的指甲剪掉，然后用碘氟药棉球擦拭伤口，既消毒又止血。欢欢当然知道这一切是在解决她的问题，就非常配合的样子，静静地让我操作。

这样处理后，欢欢前爪的滴血很快止住，但仍慢慢渗出，按常识，这样的渗血肯定要持续一会儿的。女儿便将欢欢放回窝内，欢欢一卧下就本能地去舔她那受伤的前爪，一下两下，十下百下。

其实，欢欢的舌头才是最好的止血器，而她的唾液也是最好的伤口愈合剂。作为医学硕士，我当然知道狗的唾液中含有一种特殊的愈伤物质："上皮生长因子"，这正是近年来医学领域一系列重要发现之一。

一场"流血事件"终于这样突然发生，然后也很快过去了。

发生此次"流血事件"后，我和夫人都为没有在意欢欢的一些生活细节而自责不已，第二天把欢欢的指甲全部检查了一遍，发现过长的指甲还有好几个，当即予以剪除。

不几天，欢欢便恢复了往日的欢快，又开始楼上楼下地疯跑起来，那充满节奏感与情趣的"噗嗒"声又不时地回响于耳际，自然，一股生气又在一二三层楼的各房间流动。

此后,每过一个月我们都要检查一下欢欢的指甲,过两个月剪一次指甲。有了定期检查后,才发现欢欢的指甲长得还真快,怪不得一段时间没有在意就发生了“流血事件”,这并不是偶然的。

就这样,给欢欢修剪指甲就成了一件养女儿的家常事。

剪指甲对人来说简单得像写个“一”字一般,但要剪欢欢的指甲,却并不那么容易,因为她的指甲是个圆棍棍,比筷子杆略细,从医学上说,指甲是属于角质蛋白,但硬度却相当于骨质,非常坚实,而且韧劲还超过了骨头。

剪指甲的剪刀要锋利,同时又只能用剪刀尖那么一点点,便于用上力,又不能伤及皮肉,而且欢欢必须很配合,她要一乱动,事就办不成了。正因此,给欢欢修剪指甲并不是一件轻松事。这件事由我来办自然是义不容辞了。

常言道,工欲成其事,必先利其器。为了给欢欢修剪好指甲,夫人还专门买回了剪指甲的专用工具:像小手钳那样,剪刃很短,便于用力,刃口锋利,便于剪除。真是“磨刀不误砍柴工”,有了这把专业工具,给欢欢修剪指甲的确方便多了。

有了好工具,就时不时地给欢欢修修指甲,通常先是女儿抱起欢欢,将欢欢肚皮朝向我,我左手握住欢欢的爪子,右手操剪,用剪口咬住指甲的尖端“咔嚓”一下,一个指甲便修剪完毕。由于每次只剪指甲的尖端部,虽然指甲不会挨掌心皮肉了,但仍有一定的长度,也仍向掌心打着弯。

我就想,怎样才能彻底解决问题呢,干脆剪多点,从指甲打弯前剪掉,这样,指甲再长会不会就不打弯了呢;进一步说,有没有可能以后指甲就长直了呢?

想好了,在又一次给欢欢修剪指甲时,女儿抱起欢欢,我先按正常剪了两只爪子上各一个长指甲,欢欢一如既往平静地配合着。在剪第三个指甲时，我将剪刀口移到指甲的打弯处，准备从这里下剪，其实这里离指甲根部还有点距离。

我先是用剪口夹住圆圆的指甲棒，再一用力，“咔嚓”一下，长指甲飞落地上，但是，欢欢却尖叫了一声，在女儿的怀里用劲挣扎起来，坚决不让剪了。我忙细瞧，发现指甲断口中心向外流血！

坏了，剪到指甲里边的肉了！我赶忙找来碘氟擦拭消毒，然后用药棉压迫止血！欢欢一直在女儿怀里挣扎，这下她似乎坚决不相信我们了，我就让女儿将欢欢放回窝，欢欢一到她的窝里，马上趴下开始舔她那流血的断甲根。

一下两下，十下百下，我在一旁看着欢欢的舔舐，内心充满了自责：亏得我还是医学研究生，自己并不知道小狗的指甲解剖，怎么能想象欢欢的指甲状态？再者，凭什么说指甲剪深了就会长直呢？

女儿可能见我的神色不太好，就说：“真没想到欢欢的指甲这么特别，留的一段离指甲根还有那么长，却都不行。”

我说：“还是怪爸爸，是我太主观了，只凭想象。”

女儿先站起来，也把我拖起来说：“不打搅欢欢了，让她好好舔伤吧！”

第二天一大早，欢欢并没有像往常那样上楼，趴在我的床边催我起来。我就想，至于那么严重吗？是欢欢生我的气了？

想到这里，我便三下两下起床洗漱，快步下楼去看欢欢，发现欢欢还在窝里卧着，仍在舔她的断甲爪子。蹲下细瞧，啊！我倒吸了一口凉气，给欢欢铺的棉垫子上，居然是一大片红色，那是渗血！

根据这片殷红的圆圆的血迹圈，我估计，那个断甲至少流血到了半夜。

为什么欢欢舔伤不顶事呢？

我从窝里抱出欢欢，仔细察看断甲处，原来，她的指甲中心部的软组织和血管被剪断后，血管断口从指甲断口缩了回去，深深地陷在指甲断口的硬壳里，欢欢的舌头根本舔不到血管断口，自然，欢欢的舔舐也就不起什么作用。不过，在渗了不少血后，最后还是自行止住了，但这对欢欢的身体来说，可是一次不小的伤害啊！

此后，欢欢出现了一个奇特的现象：每次给她剪指甲，她只允许剪两下，也就是两个指甲剪完后，她就坚决不让剪了，如果还要勉强剪第三次，她会剧烈地挣扎，这种情况下当然就只好放弃。

显然，欢欢永远记住了那个第三次的伤害，她已经形成了牢固的数字逻辑概念，即第三次是危险的，她要坚决地避免。

对此，我们人当然可以嘲笑：狗就是狗，它就是这样的教条和机械，明明人已经吸取了经验教训，决不会随意剪了，它却仍然是“一根筋”。但正因为这一点，我们便不能不佩服欢欢的客观理性意识居然是如此之强。

在欢欢看来，第三次剪甲的伤害是自己明明白白经历过的，她怎么能将是否发生再一次伤害交给带着强烈主观意识的人呢？也许这是一种西方逻辑。进一步讲，这样的逻辑是从性恶论出发的。作为中华文化的传扬者，我对此的确有所保留，但这样的逻辑，也的确有它的优长。

从这次给欢欢的剪甲发生伤害事件中，对我的启示是非常巨大的。对待任何事物，都一定要“格物”，才能“致知”，切忌只凭主观想象。而且在“格物”中应尽可能地量化、细分化，才能把握事物的本来面目。

与大胡友一起出游，带着欢欢进到秦岭山深处，其时在山民家吃大碗盛、山菜拌的老土面，爸爸边吃边给女儿喂。多少年没有吃过这样的老土面了，三个准山民都吃得滋味充溢。

带着欢欢进到大山深处览胜，站在这里眺望万仞碧峰，倒也心旷神怡。只是爸爸东张，欢欢西望，结果差点丢了宝贝女儿！

第五章 丢 失

有了欢欢的同时,我的事业也开始快速发展,不久便将座驾摩托换成了小面包车。在夫人的极力鼓动下,我赶紧学习驾驶。学会了开车,当然就想自驾着车出门一游。

这年春天一个周日的早晨,我约上好友大胡(姓胡,小我几岁,大个子,为表示亲切,我称他为大胡,结果在单位传开了,他对这个称呼很高兴。不幸的是他已经看不到我写的这本书这个情节了,几年前好友因病去世,写出这个章节也是对他的深切怀念),带着女儿,女儿又抱着欢欢,由我当司机载着大家顺着古城之南的西万公路(西安到重庆万县)直驰秦岭深处。

阳春四月,路旁野花烂漫,山坡草木嫩黄,又是首次驾车出游,心情当然绝好。欢欢似乎也对车外美景颇有感觉。刚一上路,她就不愿让姐姐抱了,非要自己趴在车前挡风玻璃后那一点点平台上,目不暇接地朝车外看。

这个时候,我一手握着方向盘,一手拍拍欢欢的小脑袋说:"欢欢观景,美丑难分！”

女儿马上表示不同意:“爸,您怎么知道欢欢美丑不分？”

旁边的大胡也帮腔:“的确,所谓‘子非鱼,焉知鱼之不乐’嘛！”

我却提醒:“人家原话可是:子非鱼,焉知鱼之乐也？”这当然是抬杠了。

话虽这么讲,不过按照动物的趋利避害原则,根据欢欢的表现,至少表明她对外面世界的美景还是很有兴致的吧!

因为有车,车里带着吃的喝的,就信马由缰,将车径直开到了秦岭深处的南北分水岭处。在长江水系与黄河水系的分水岭界碑前留影。向群山环眺,忽然发现西侧高山顶上有电视发射塔,一条刚能驶进小车的便道曲折蜿蜒而上。我提议驾车上去,感受一下“一览众山小”的景象。大家赞同。

于是，我这个新手居然将汽车开上了狭窄而险象环生的山路。人常说“马越骑越胆大,车越开越胆小”,我当时正是属于“胆大新手”阶段。这条路显然是为修山上的电视塔而建,路面由小圆石垫起,车行在上面颠来簸去,而且还多处侧临深渊,如果出事,那后果将不堪设想。不过前面的美景还是有着强大的吸引力,我对自己的驾技也比较自信,于是便既小心又大胆地驰行。

经过一段狭长的坡道,前面豁然一块平地,稍事休息。车门一开,欢欢第一个跳了下去,她是最怕被关在车内的。

下车后欢欢并不总跟着我们转悠，而是自顾自地跑得更远一点,这儿闻闻那儿嗅嗅。不过,每次在大家留影时,她又会突然冒出来蹲在前边或者身边,还正儿八经地看着相机镜头摆个样子,让人觉得既十分可爱又极其有趣——她好像也知道我们在美景前留影是一件很有意思的事情一样。

在一个景点转够了，要上车赶路了。欢欢一看见我坐进驾舱，她就立即撒腿跑回来自己跳上车,生怕把她落下。

由于欢欢上下车都是抢着自行其是,大家也就不再为她操心。

就这么走一段停一下,走走停停,终于到了半山腰一片大的开阔地。从车窗向一侧的山顶望去,大家不约而同地唏嘘不已,没想到这大山真能深藏不露啊,开着车走了老半天,离山顶其实还远着呢！而太阳已经西坠。大家决定到此打住。

于是,停车开门,在最后一个景点好好观赏游览一下。仍是欢欢首先跳下车,大家下车后发现这是一片过冬后的干茅草地。

由于这里处在高山的半中腰,气温偏冷,野地里还看不到山下那样的繁花旺草。向周围环视,这片开阔地一面靠山,三面开阔,近处的群峰已经不能遮挡视线,远处的秦岭层峦叠嶂尽收眼底。

由于景色蔚然,大家兴致勃发,先是集中留影,又是分头赏景。欢欢也十分兴奋,在我们几个之间来回地撒欢奔跑,而有时又离开我们到稍远一点的地方独自活动。

太阳继续西坠,山风微冷起来。转悠的时间差不多了,大家返回车边准备下山。大胡友与女儿从一侧跳上车关好门,我已发动了车,等他们坐稳,我便挂挡加速,驶上了下山路。大家在车上继续津津乐道于刚才的美景佳境。

路走两遍熟,下山明显快了一些,大有“轻车已下万重山”的感觉,不大会儿就到了沟底的主干公路上。

这时,女儿突然问:“欢欢呢？”

我一听,立马刹车。座椅上的确不见了欢欢的身影。大家先在车厢里寻找,女儿趴在车厢底板上朝座椅下细看,大胡则干脆搬开座椅,车厢就这么大,没有就是没有!

我的脑子“嗡”地一下晕了片刻。

山沟里的天已经明显地暗下来, 再上去就只能摸着黑下山了。

这种情况下，虽然有车灯，但车周围一片漆黑，因为看不见比照物，驾车者的挨地空间感便会丧失，这在平路或上坡路倒问题不大，因为人体的重力仍会让自已有落地感，但下坡就比较麻烦，车向下走，人的重力减轻，车外看不见比照物，人就有飘飞起来的感觉，这时往往会操作失误。这是任何一位汽车司机都会有的经验。也就是说，新手在山路夜间开急下坡的车，还是有一定的危险性的。

想到这里，我说："我开车上去找，你们就在公路边等着吧！"

说这话时，其实自己心里已经冒出了一股悲壮的意念，我是担心万一开车出事，不要连累了大胡好友和女儿。

但大胡和女儿都坚决不同意，非要陪着上山，他们说人多眼稠，说不定很快找到就不用上那么高了，再说人多了说话还能防止疲劳驾驶。这么说也有道理，我只好依了他们。心想这车可要绝对开好了。

绝对开好的最好保证就是开慢，不是有交通经典名言说："十次肇事九次快"吗？于是我就格外小心地开车重返山路，车行的也就相当缓慢。

车一上路，大家就开始分析欢欢会在哪里，结论是欢欢会追车往山下跑，所以这山路的任何一处都有她存在的可能，甚至离开山路跑到山沟也有可能。当然重点是沿路的五个停车点。根据这一推测，车不但要开慢，还要边走边找。

一路上，女儿趴在车窗上朝外大声呼喊："欢——欢——，欢——欢——"群山也荡起一阵阵"欢——欢——，欢——欢——"的回声。

大胡则扫视着路边的每一丛草，每一块石，每一处旮旯拐角。

由于欢欢浑身是灰黄白花色毛，与地面上的干草树叶形成的灰黄斑驳色极其近似，这本身就为搜寻增加了一定的难度，所以搜寻目标物便特别地耗费眼神。

第一个停车点到了,下车找,没有!

第二个停车点也到了,下车找,也没有!

第三个第四个停车点又到了,又过了,下车找,仍不见欢欢的踪影,大家的心在转凉。

我和大胡开始议论欢欢能不能在野外生存,结论是不能,因为她体型那么小,根本无法反抗山间的狼狐野兽,而且她的饮食已经完全精细化,咀嚼能力有限,没有了与人同样的生活条件,她连吃食都会成问题。

女儿听到这些,忍不住抽泣起来。车里的气氛一下子变得凝重。我打住了这样的悲情议论,开车探向最后一个停车点——那一大片开阔地。

终于,看见了那片干茅草地,接着又看见了挂在天边的太阳。太阳的半边被晚霞遮住,另半边红彤彤的,散射出一天里最后的余晖,余晖逆照过来,在山脊、在树干、在草叶的侧面形成反光,金灿灿的,煞是美丽。但我们的心境却与这美景形成了巨大的反差!

突然,女儿"哇"的一声哭了起来。原来,她最先发现了自己的好妹妹!

紧接着我也看见了我的小女儿!她蹲在一片干毛毛草草丛中,只露个小脑袋的顶部。欢欢的身边是刚才停车时车轮压下的两道因茅草倒伏所显露的车辙印,还有大家上下车时踩倒的一片杂草。这一切说明,当时,欢欢看见车开走后,她就一直纹丝不动地待在原来停车的地方。

欢欢这时也听见了车声,她从草丛中伸长脖子探出脑袋向这里张望。太阳的逆光从她的小脑袋旁射过来,垂耳上的毛发闪着明亮的金色。

我赶紧停车。

女儿第一个冲下车去,快步跑向欢欢,欢欢也向女儿跑过来,由于干毛毛草草丛比较深,欢欢只能一跳一跳地向前跃进。

两个女儿很快跑到了一起,女儿抱起她的小妹妹,一大一小两张脸紧贴在一起。欢欢在姐姐的身上狠劲地蹭着小脸蛋,喷着鼻。

女儿自己已经泪流满面,却捧起欢欢的小脸说:“啊,欢欢哭了!”

我一看,真的,欢欢的大眼睛泪花充溢,眼眶下两行湿痕清晰可见。我的泪水也禁不住地流了下来。

大胡在一旁目睹了这感人的一幕, 极其感慨地说:“真没想到,它会在原地一动不动地等着! ”

这件事对我的刺激很大,谁能知道欢欢会是这样呢? 而我们却猜着她追车了,她跑走了……

她为什么会这么等着? 因为她相信我们一定会去找! 这是怎样的一种信任啊! 一种拿命做赌的信任!

多年来我一直为这件事感慨深思, 一直庆幸那天上山找欢欢时,我没有迟疑,大家都没有犹豫,不然我们又如何面对欢欢,面对自己的良心!

说句实在话,我们人类同胞在人与人的互信方面,怎么才能有这样的景况? 我们在返回寻找路上的乱猜测,不正代表了人类同胞这种缺乏互信的习惯性思维吗?!

其实,现代社会,现时中国,人在与人的互信方面,简直可以说是糟透了,根本就是“马尾丝穿豆腐——提不起”,提都提不起来,更不要说与欢欢相比了。

人比起灵性动物,有了高度的智慧,进化出语言,发明了文字,但这智慧语言文字的相当一部分却用在了弄虚作假方面, 搞得人类自己又将相当多的时间精力财富用于识假防假治假上,由此,人与人之间的信任自然就成了最为稀缺的东西。

当然,人与人的互信问题,一直是人类生活的主话题,自从人类文明起步,那些圣贤大哲便不断做出深沉的告诫。时至今日,由于现代社会打开了所谓的“潘多拉魔盒”,人类的劣根性大爆发,人与人的互信更成为严重的问题。

由于有欢欢这样的灵性动物作对照,所以我对近代以来很流行的那句“人类是万物之灵”的口号产生了强烈的质疑。

因为,这个“万物之灵”的信条,原本含着“万物中最好”的暗示。

人类当然是“万物之灵”,但绝不能说成是“万物中最好”。一边是假言假事假物,一边是识假防假治假,由此造成了人与人之间莫大的隔阂疏离,造成了精力时间财富的巨大耗损浪费,就是人类最劣质最丑陋的品性之一。我感觉我们人类还是应当谦虚一点,不要动不动就自诩什么“万物之灵”了,而应该向人类之外的动物,比如向欢欢这样的狗类学习,否则人类的前景并不必然就那么美妙!

欢欢讲卫生前都要仔细闻找地方，如此就养成了非绿草地不撒尿的习惯，结果便酿成了一起“憋尿事件”，让爸爸妈妈姐姐给她在寒冷的秦岭山口到处寻找绿草地的趣事。

欢欢在草坪上撒尿总在一个地方,所以草地上出现了一个个旺草圈,从这张照片可以看到欢欢周围都有草色深绿的圆盘。显然欢欢撒尿在草地上,非但不是污染环境,反而还为改善环境助力呢!

第六章 卫 生

前面已经提到，欢欢刚来时，夫人曾训练她在卫生间的一角撒尿，我还用“老狗学不出新花样”的“经典名言”提示夫人不必浪费心血，谁知夫人也只训练了三次，欢欢就素养到位了。

这件小事启示我，人对动物的了解的确还有极大的空间；也让我意识到，像狗这样的灵性动物，它是相当能理解人对它的要求与希望的。我想，这大概就是人类应当尊重动物的理性心理基础吧。

当然，欢欢去卫生间撒尿，只是在家里无人，或者晚上大家都休息后才发生的事，白天家里有人，她是绝不会在家里方便的。通常就是，欢欢只要有情况了，便跑到房门口去抓门，边抓门边瞅瞅家里人，这时，不论是谁都会明白欢欢的意思，就会马上给她开门。

欢欢出了门一溜风，跑到门前那片草地上，这儿闻闻，那儿嗅嗅，最后找一块地方小解。小解的地方基本是固定的，这可能是她每次解前都要闻一闻，以确定是不是同一地方的原因。

由于在固定地方撒尿，结果就尿出了特别显著的效果：欢欢常撒尿的地方,草坪草长得特别的油绿,与周围的淡黄色草形成了鲜明的反差,结果就是同一片草坪上人工制造了许多圆圆的旺草圈,老远看还以为是有意种植的不同草种,做美化点缀用的。连一个月来一次打草的工友,每次剪草时都要好奇地问问这是怎么回事。当得知这是小狗撒尿的结果时,工友总是连声说:“有意思,有意思!”

这至少说明,欢欢撒尿于草地,并不是污染环境,而是在为美化环境助力!

如果是大解呢,欢欢会径直穿过马路,跑到对面一户人家屋后的草地里,因为欢欢早就发现,这户人家经常不在,一年也回来不了几天。偶然回来了怎么办?欢欢就跑到更远的地方,再找一家不住人的空房,在周围的草地里解决问题。

最有意思的是,欢欢大解完后,还要转过身去嗅一嗅自己的屁屁,再用四只爪子麻利地朝身后刨点土盖一下。当然,这只是个象征性的动作,要全盖起来却是不可能的,如果真那样,满地都成了坑坑堆堆,那草坪不就毁了吗?!

诚然,欢欢的这个卫生习性,一般宠物狗也都会有,但一次全家带着欢欢外出所发生的事,却让人不能不对欢欢另眼相看了。

那是一年的春节回老家,由于家里来了外地客人,父母希望他们晚上住在家里好好拉家常,我和夫人女儿便带着欢欢投宿附近的汤峪镇上。

我们开车来到镇街道边的一家旅馆,夫人下车去办入住手续,我和两个女儿下车在院子里转悠,只见欢欢在院子的水泥地面上到处闻到处嗅,而且动作较快,不大一会儿就将旅馆前院的水泥地面转遍了,然后就向更远的通向旅馆后院的小路上转过去。

这时,夫人办完手续出来,一看不见了欢欢,问:“咱的小宝贝呢?”

我朝那条小路上努努嘴。

夫人看过去后说："她在找地方撒尿呢，你帮她找找吧。"

我说："这有什么好帮的，那边很背，看样子也很少有人去，她会就地解决的。"

夫人说："她才不会随便撒尿呢！"

我说："她憋不住了就会。"

夫人怪我："你怎么忍心让她憋尿呢？"

这让我无言了，的确是不忍心让欢欢憋尿，再说了，那条路再背仍是路面嘛，在那里撒尿总是不好。

想到这里，便走过去抱起欢欢，转到旅馆后院的草坪上放下，我对着欢欢说："我的女儿和我一样认真，好的，就在这里讲卫生吧。"

夫人女儿也跟了过来。只见欢欢在草坪上到处闻，到处嗅，转过来，转过去，一会儿就跑遍了这片草坪，可就是不动作。

我对夫人说："她大概没有多少尿！"

夫人却反着说："她已经憋急了！"

我瞅一眼夫人，没好气地抢白她："憋急了还能不尿？"

夫人打趣地解说："先生平时不在家，看她着急的动作应该是憋急了。"

正在我俩争论中，女儿却在一旁提示："看欢欢老闻毛毛草的样子，说不定是在找绿草，她可能不习惯在干草地上撒尿。"

这一句提醒了我和夫人，我一看眼前的草坪，果然没有一根绿草。由于这里在秦岭北麓山口处，过冬异常寒冷，本来常绿的地坪草，也全冻干成白毛毛草了，欢欢也许真的是因为找不见绿草丛，所以才不愿撒尿。

这不更麻烦了吗？

我说："山口各处的气温必然是一样的，过冬草肯定都冻干了，到哪里去找绿草地啊？"

女儿说:“咱们开车找找吧。”

我责怪夫人:“都是你惯的,撒尿还要挑绿草地!”

女儿为她妈打抱不平:“咱家门前又没有干草地,还是她自己养成了习惯吧。”

女儿的话有道理,我便说:“好吧,好吧,今天还是我来惯惯我这宝贝女儿吧。”

说罢就到草坪上抱起欢欢,全家人上车,夫人开车,开始为这个宝贝女儿找撒尿的绿草地。

车行在不长的街道上,为了看得清楚一些,我摇下了车窗玻璃。一阵刺骨的寒风吹进车内,今年这里的冬天好像异常的寒冷,因为街边过冬的常青树大叶女贞的顶叶也冻蔫了。今天是大年三十,街上空无一人,所有单位的门都关着或锁着。转了几个来回也没有找到什么绿草地。

正在无可奈何之时,我脑子突然一亮,对夫人说:“这里的温泉很有名,水量很大温度也高,排水的地方说不定有绿草地呢!”

夫人说:“有道理。”

我们便按着这个思路将车开向河道边,下车后顺着河岸向上游走,走了不大一会儿,啊!果然下面河道一边有一条带状的绿草地,绿草上面还冒着热气哩!

我抱着欢欢快步下到河道里,夫人和女儿在岸上等着。刚一走近那片绿草地,欢欢已经在怀里乱动起来,想挣脱我。我就势放下欢欢,她急乎乎地跑向绿草丛,只匆匆地随便闻了闻,就在一堆小草边小解了。

的确,她是憋尿了,这一泡尿尿了好大一会儿。撒完尿,欢欢在绿草地这儿闻闻,那儿嗅嗅,还试探着走向那冒热气的地方,一点也没有离开的意思。

我朝河道扫视了一下，到处都是枯枝败叶，到处都是冻干的白毛毛草，唯有这一片草绿得油亮亮的，显得那样的醒目和可爱，怪不得欢欢舍不得离开呢。

我可忍不住了，河道里冷风飕飕，脸上有针扎的感觉。我走过去半嘲半赞地说："我的小女儿还真有定力，不见绿草不撒尿！"说罢，伸手把欢欢揽到怀里，三步两步上到岸边。

夫人见我们上来，明知故问："是憋尿了吧？"

我只好认输，承认是。但还要给自己一点辩解，就说："你可是当妈的！"意思是这类吃喝拉撒的事你理应清楚。

欢欢这么讲卫生，的确让我非常意外，也感触颇深：她把小解与大解能分得这么开，小解在自家门前的草地上，大解却要跑到远处不住人的地方，解完还要象征性地用土盖一下，难道她知道大解的排泄物对环境有污染吗？

进一步，难道她也知道小解的气味小，大解的气味大，并且意识到自己不好闻，别人肯定也不好闻，从而根据气味的大小有近有远地自觉避开人吗？

还有，她非要在有绿草的地方撒尿，是认为绿草代表着生机，代表着正常健康的生态圈，所以自己才可以将排泄物释放到这个生态圈中而很快得到消化吗？

对于这些，我当然无法确定，也许我是在用人类的智慧拔高动物，但据我所知，人类目前对灵性动物的复杂行为，了解的仍然非常有限，即便从欢欢这样的狗类身上，得到许多重要的启示也是肯定的。

对于人类的社会生活而言，中华民族的圣人提出了一条普世训诫："己所不欲，勿施于人。"这实在是维护人与人良好关系的准则，但人类的自私狭隘却总是在突破这一准则，这就需要人类社会后天煞费苦心地教育。

然而,问题是现代社会似乎连教育也无法正常进行了:按照流行的西方理论,大家都是平等的自由人主体,谁能教育谁呢?谁敢教育谁呢?流行的现代意识趋向于把人类的历史虚无化,那么虚无了历史后,又拿什么来进行教育呢?

人类就这样在对那些最现代化的高深理论的迷信中,不可救药地堕落下去,到现在,人类连环境污染、资源破坏都解决不了,就更别提其他方面了。

相比之下,我的小女儿欢欢,虽不懂得人类的那些宏论奥理,可她却做到了"己所不欲,勿施于人",而且并没有接受那些人类的精致教育,她却天然地就是这样生活着。这至少说明,"己所不欲,勿施于人"的生活秩序,才是灵性动物天然正确的生存方式,而欢欢在遵守这一生存方式方面,的确比我们许多人类同胞做得要好!

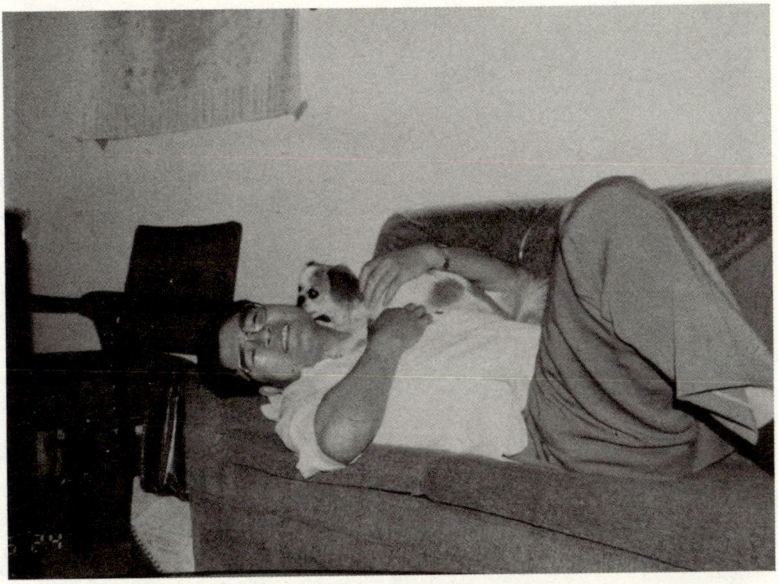

欢欢就是这么找到了一个对爸爸表达爱意并进行安慰的好方式，爸爸也对女儿的安慰产生了明显的依赖，以至于一次没有欢欢舔脸，午休都会成为问题。

爸爸在眺望群山碧峰，欢欢却趴在那看着爸爸。人常说在儿女一个时期的心中，父亲就是大山，难道欢欢也有这么一个心理时期吗？

第七章 专 注

还在我的创业初期，工作非常繁忙，用脑严重过度，好在有小女欢欢经常陪伴，让我在紧张的工作中能有片刻的放松。

其实，这样的放松也只是坐在办公桌后，侧过身去多看欢欢几眼。但是，即便这么小小的关切动作，欢欢也会马上做出回应，那就是，她由卧成一圈，懒懒地站起来，前腿伸直，后腿半蹲，头冲着老爸，那双大眼睛却不直视老爸的脸，而是斜着看老爸胸脯的地方，身子前倾，用劲弓背伸腰，然后就张开宽而短的嘴巴打个哈欠，长长地呼出一口气，接着就抖抖毛。

欢欢这个动作简直跟人伸懒腰打懒张的动作一模一样，看到这些，让人顿得几分情趣，身心为之放松。

当然，作为医学研究生并对心理学有一点研究的我，还会想到更复杂的问题：欢欢不直视老爸，难道是因为自己伸懒腰的动作不雅而不好意思吗？另外还有一个医学上的问题，就是狗也有伸懒腰打哈欠动作，说明狗与人的能量代谢显然是相同的，都是由于肌肉不活动产生了肌酸这样的疲劳物质所致。

特殊的是欢欢伸懒腰打哈欠的动作，却明显加进了撒娇的成分，还有点不好意思，这让人觉得既有趣又好笑。每到这时，我就赶紧伸过手去拍拍欢欢的小脑袋，她当然也会乘机将小脑袋在我的大手掌里来回地蹭，并且高兴地摇着尾巴，表示她对爸爸的怜爱已经深切地感受到了！

上班过度用脑，就必须午休。每天中午吃完饭，和衣在办公室的长沙发上一躺，就算进入午休状态。由于我的体量大，这一躺便侵占了欢欢的地盘，直接将她挤得不能随便横躺竖卧了。

对于这么严重挤占地盘的行为，欢欢倒有办法，她干脆就势爬上我的胸脯，在胸口处卧下。一开始我倒觉得挺亲热的，还满含赞赏意地抚摸她的脊背，但时间一长才发现不行，十斤重的欢欢，压上一会儿就有点憋气了，我便把她推到肩膀上面头侧的那一点点空位上。

这一推倒是轻松了，却出现了新的状况：欢欢发现她的嘴紧挨着我的一侧脸，于是她稍微闻一闻，就势舔起我的脸来。我想，舔就舔吧，不过几分钟的热劲。

可是，我的估计错了。五分钟过去了，她在舔；十分钟过去了，她还在舔；二十分钟过去了，她仍在舔，并且完全没有停下来的意思。

我就推开欢欢说："喂，喂，你就歇歇吧！"

可刚一挪手，欢欢马上又凑过来继续舔。我说："好吧，好吧，那就再给你五分钟，最后五分钟！"

五分钟到了，我也顾不得欢欢仍在动作，起身把她抱到对面的单人沙发上，拍拍她的背说："好好卧着，别动，老爸要午休了。"然后转回身又躺在这边的长沙发上。

正要闭目迷糊，却听见欢欢跳下对面的沙发，迅速跑过来，趴在沙发边观察我的动静，我眯起眼睛佯装睡着了，她便猛地一跳，跃上我的胸脯，在胸口正中卧下，嘴巴凑过来要继续干她热心的事。这下可好，我的下巴口唇左右脸颊都在她的任意范围，这不更麻烦了吗?!

欢欢的执着逼得我只有让步，就睁开眼对她说："好吧好吧，既然乖乖这么热心，就待在原来位置舔吧。"说罢，将欢欢推下胸脯，让她卧在头侧，心想：就由着她算了，她还能舔一个中午不成。

随后，欢欢调整好体位，摆好架势，从从容容地舔起了我的一侧脸。她是那么的专注，那么的温柔，那么的匀速，那么的有节奏，那么的轻重适度；一下，两下，十下，百下……我不由自主地开始体验欢欢舔脸的感觉：她的舌头涩涩的，虽然有唾液，却并不滑溜，这最初让人有种挠痒痒的舒服，最后就有一种肌肤被按摩的轻松。体验到这些，我的身心马上放松下来，不知不觉地进入了梦乡。

"咚咚咚！""咚咚咚！"一阵敲门声吵醒了我，醒来后的第一个发现是欢欢仍在专心致志地舔着我的脸，一下两下，三下五下。她对门外响亮的敲门声却没有什么反应，我知道那是欢欢的大哥哥大姐姐们，如果是外人，她早就吼起来了。

于是我仍然躺着，朝门口大声问："有什么事吗？"

门外也传来了问话："刘总，您没事吧？"

我心想，正常午休能有什么事呢？就说："没事呀！"

门外说："已经下午三点了，大家见您未开门很操心。"

我一看表，哎呀，从一点到现在，整整睡了两个多小时，员工们已经上班一个小时了！我什么时候睡过这么长的午休呢？可欢欢仍在一下两下、三下五下地舔着我的脸，也就是说，欢欢不停地舔我的脸已经两个多小时了！需知我平时午休通常也就半个小时，基本是稍微迷糊一下，很少熟睡过。

我把小女儿抱放在胸前,自己摸一下右脸,脸颊的皮肤很光滑,周围却黏糊糊的,那是欢欢太多的唾液水分蒸发了造成的结果!

我被欢欢整整两个多小时的专注深深地感动了,双手从胸前抱举起欢欢,怜爱地看着她,欢欢的大眼睛也看着我,我们父女的目光交织在一起。我在心底里感叹:你真是我的好女儿,你就是我的好女儿!在做事专注这一点上你竟然那么像我,而且超过了我!

此后,每天中午我在办公室午休时,欢欢就卧在我的脸侧,做她那件专心致志的事,而我也就很快入眠。为了不致睡过头,我还从家里拿来了闹钟。

这么享受了一段时间小女儿的贴心,有一天也让我尝到了小女儿不在时生活乱套的滋味。

那天因为我要先进城办事,就没有从家里把欢欢带到单位,结果我在中午午休时出现状况了:一个人躺在沙发上,总觉得不对劲,怎么也睡不着。

过去没有欢欢至少还能迷糊一会儿,后来有了欢欢舔脸,就能熟睡一会儿,现在突然没有了欢欢,连迷糊也不成了,结果就在沙发上翻来覆去地折腾,很快一个小时过去了,大家又都上班了。

作为医学硕士,我自然马上想到了一个医学问题:难道狗舔人脸还能催眠吗?

我想这是完全可能的,因为狗的舌头舔人的皮肤,那种挠痒痒和按摩的感觉让人很舒服,而十下百下千下的单一重复动作,又很容易使人产生疲劳困倦感,舒服加困倦,自然就容易入眠了。这就像有的人患失眠症后,医生让他睡觉时在心里数数,1、2、3、4、5、6……就这么数着数着,一些失眠者还真就能够入睡了。

当然,这里的关键是要长时间地重复同一动作,也就是专心致志地干一件事。我不知道别的狗能否做到这样,但我知道,许多人是做不到的,尤其是充满浮躁的现代社会里的现代人。

但我重点还是反思自己,自认为做事已经够专注了,但有时候仍有不能持之以恒处。比如自己早期的创业有一段时间换项目过于频繁,结果每个项目都是浅尝辄止,而当经过了那个浮躁期,真正着力于一个项目后,事业才很快发展起来。

当然,这还不是欢欢所给的启示,而是事业多次起伏教训出来的,因为那时还没有欢欢。现在欢欢的专注产生了奇效,就有力地印证了自己过去因为欠专注而不顺的经验。我想,如果早几年有了欢欢,从欢欢身上得到一些重要的启示,说不定现在的事业发展得更大呢!

对于欢欢这么专注地舔脸,我时常给一些朋友当趣事夸耀,他们有的也觉得有趣,而有的对此事的评论却让人不那么舒服,甚至有点生气。

他们有的说:你脸上有汗,汗里有盐,狗舔脸是想舔那里的盐分;有的说,狗舔脸是因为天性,不舔它自己舌头痒,难受,舔了它自己舒服;至于欢欢一舔就两个小时,有的朋友居然说,这小狗就是一个字:傻!

听了这些高论妙论奇谈怪论,我在基于完全理性的反感的同时,悲凉也油然而生,不是为欢欢,也不是为这些朋友,而是为我们的人类!那么多的人众口一词,这就绝不是一个人几个人的事了,而是我们的人类同胞。

并不是我爱欢欢就用感情代替了理性,而是事实绝对是这样:欢欢舔我的脸并不是为了舔盐分,因为我的脸很干净,没有汗也没有盐分,即便有,欢欢总在一个地方舔,有点盐分几下也就舔光了,用得着舔那么长的时间?

欢欢舔我的脸，也不是为了她自己的舌头舒服，因为她可以不舔，表明她并不需要这样的舒服。而如果舔起来就两个多小时，这是要消耗体力的，长时间固定做一个动作也是会疲劳的，是会不舒服的。就像我们煲电话，左手拿手机十分钟就要换右手，否则一只手打半小时电话，打完电话胳膊就展不开了。至于说欢欢傻，这恰恰暴露了人的自私狭隘对动物的偏见。

凡事都从自私的观念出发，这大概是我们人类劣根性的专利，而动物界的公而无私，甚至为了群体牺牲个体的例子却比比皆是。比如蜜蜂，比如蜘蛛，甚至就连非洲的草原狼，为了捕猎一头角马，总有一只会勇敢地冲到角马的头前撕咬，以吸引角马的注意力，但这是很危险的，这只狼很可能会受伤或者死亡，但别的狼会从身后得手。

可悲可叹可怜的却是，我们人类把自己看成“万物之灵”，却以那么狭隘自私的心态看待动物的许多优长，这不正是我们的老祖宗发明的那句成语“以小人之心度君子之腹”反映的事实吗？！

更大的问题是，人的本性很可能没有动物的本性那么更有利于种群的繁衍，也没有动物那样更有利于与环境保持和谐。对于前者，人类的大规模战争以及发明的大规模杀人武器已经做了确定无疑的证明；对于后者，人类掠夺式开发自然制造的环境灾难，也正在做着有力的证明。

当然，我们现在都知道，上面所说的人类，是指近三百年来在西方启蒙思想主导下的现代人。中国的传统社会成员，他们却并不是这样，一句“天人合一”就完美地代表了中国古人的健康心态是什么。

所以我坚信，欢欢这么长时间地舔我的脸，如果说是出于一种天性，那欢欢所代表的动物这样的天性，才是真正有利于人类生活与生存的,这难道不值得人类尊重甚至敬畏吗?

事实上,我认为由于欢欢是有灵性的,所以她就一定有深沉的爱,她就是爱自己的老爸,她就是想表达女儿的一片心意,因为她黑天白昼都在老爸的身旁,她每时每刻都能看见老爸那么繁忙,感受到老爸是那样的辛苦,她是在用自己力所能及的方式给老爸一点慰藉,舒解老爸的压力啊!

欢欢刚来时，比较贪玩，爸爸就给她个乒乓球，欢欢也不客气，马上就啃起来。

多少年来，只要父女俩能在一起，欢欢与爸爸总是形影不离。看看这张照片，爸爸在剪树枝，欢欢也要偎依在爸爸膝下。

第八章 撒 气

关于小女欢欢的故事，前面尽说的是她的好，给人的印象好像欢欢简直就是天使了，就是神物了，但我不得不说，欢欢也有让人难堪，甚至惹出乱子的时候。作为生动鲜活的欢欢，我想还是讲出来的好。

欢欢来到我们这个新家时，正是我的创业初期，当时成立的研究所在一家中学办公楼的二层，占据了整层，靠里边是各研究室和实验室，外边是住宿与办公室，平时住宿主要是实验员，还有不便回家的其他工作人员，每间房住四男或者四女。

由于当时欢欢刚来，对家里人不熟，不愿待在家里。每天早上我上班走时，欢欢就挡在脚前，有时候就直接趴在腿前，每次遇到这种情况，都是我心一软，就把她放进布袋里，挂在摩托车的手把上，带她到研究所，白天跟我在办公室待一天，晚上再带回家。

欢欢一整天都在单位，这就发生了许多有趣的甚至意想不到的故事。

由于欢欢长得小巧玲珑，体形优美，浑身毛茸茸，特别是那双大眼睛机灵活泛，与谁熟了就会主动亲近，所以，研究所的女孩子们都喜欢她，一下班就想办法从我的办公室把她逗引走，欢欢也乐意跟她们在一起。

通常是下班铃一响，欢欢就跳下沙发跑到门边，等着她的几位大姐姐领着出门。刚好，我吃午饭时要与欢欢分开一会儿，这就成了她与姐姐们欢聚的最佳时候。

女孩子们已经知道欢欢爱舔人脸，她们又传言说狗舔人脸能美容，为此还专门问过我到底能不能。作为医学硕士的我，当然会给她们很专业的解释。

我说，这是有可能的，因为狗的唾液里含有丰富的“上皮生长因子”，对于皮肤代谢会有促进作用。

听了我的很专业的“高论”，她们都确信了狗舔脸能美容这个说法，于是，女孩子们逗欢欢玩时这个抱过来让舔几下左脸，那个抢过去让舔几下右脸。欢欢也很热情，来者不拒，只要离谁的脸近，就都“哗啦哗啦”地来几下。

女孩子们“美容”完逗弄完，便与欢欢一起吃饭，也就是在楼下买来饭后，她们边吃边给欢欢喂。欢欢吃东西很挑剔，只吃夹在筷子上的饭食，不小心掉到地上，她连看都不看一眼。饭里的肉块，欢欢也坚决不吃，所以我一直怀疑街头地摊上的肉食可能存在着质量或者安全问题。

由于欢欢食量小，我平时给她喂火腿肠，所以她吃姐姐们的东西，也只是象征性地表示一下与她们的亲热，并不实打实地吃。

然而，与欢欢的这种亲密关系，却只限定在同一宿舍的三位女孩子身上，另一位女孩却总是躲得远远的，原因是她从小就怕毛茸茸软乎乎的东西。其实她看见别人逗欢欢那么开心，自己也很羡慕,可就是长期的心理习惯总也改不了。由于她的工作很出色,我还让她担任了实验小组的组长。

可是,没想到有一天,这位组长女孩提着一只鞋进到我的办公室,很委屈地说,自己不想当组长了,得罪人,有人在欺负她。

我忙问:“怎么啦?”

她把手里提着的鞋让我看,并说:“最近鞋里动不动就被人倒进水,一穿鞋连袜子也湿了。开始时以为谁没注意洒进水了,但最近老是湿,这不是故意倒水欺负人吗?”

我问:“你具体看见谁或者怀疑谁没有?”

她说:“我中午睡着了,没看见,也不好怀疑谁,但经常下午起床上班一穿鞋里边就是湿的。”

我很关切地说:“你把鞋放我这,该负责还是要负责,不要怕得罪人。我一定会查明情况的。”

女孩含着泪走了。

对此,我的确有点生气,这些女孩子怎么搞这样的名堂,虽然没有到欺负人的程度,但要这样的小心眼恶作剧也实在不该。心想,下午一上班我挨个把她们叫来问,凭我的察言观色也许很快就会查出来的。

中午吃完饭,照旧往沙发上一躺,却不见欢欢过来舔脸。我一侧头,看见她正蹲在办公桌下,目不转睛地望着我。我心想:你这小家伙,看出来我正烦着吗?我又没烦你,也不过来安慰一下老爸?

平时,只要我一看欢欢,欢欢也看我,我们父女的四目一对上光,欢欢马上就有反应,通常就是边摇尾巴边跑过来亲热,可今天她居然蹲在那里无动于衷。

因为有女孩告状这件事的影响,加上欢欢又不过来舔脸催眠,中午便没有睡着,只是在沙发上翻来覆去,就等着下午上班处理

“案子”了。

终于打了上班铃，心想先叫一个性格外向的，说不定一下子就问出来了。我准备好物证，叫来那位目标女孩。

我一脸严肃，拿起那只鞋问：“你知道这是怎么回事吗？”

这位女孩突然捂着嘴“咯咯咯”地笑起来，一直笑到眼泪长流，然后就说：“这可是个秘密，我们已经订立‘攻守同盟’，刘总您也不要为难我。”

我有点莫名其妙，立即沉下脸：“看来你们都知道，是你们合谋干的！”

女孩急了：“您别冤枉人，要说也得让她们俩来一起说。”

我说可以。这女孩叫来另两位，她说：“我们说了谁干的您可不能惩罚她，更不能让她离开这里。”我答应说行。

她们互相对视了一下，然后三人又都“咯咯咯”地笑起来，我心想这么严肃的事情还笑，谁干的至少要狠狠地批评她一顿呢。

那位领头女孩说：“刘总，您先闻闻鞋里的气味。”

我将鞋拿到眼前细瞧，鞋内白色衬底有淡黄色的地图印，再一闻，有尿臊味。

我问：“怎么回事？”

女孩说：“是欢欢撒的！”

另两位说：“就是的，有一次我们都碰见了！”

我又拿过鞋再一细闻，还真有点像欢欢撒尿的气味。对这种气味我太熟悉了，每次在家里卫生间给欢欢清理尿渍时，夫人还要嘲讽我，说我又在回味当年给女儿洗尿布的幸福呢。

这时我瞧瞧欢欢在哪儿，她刚才还在桌子下面，现在却不见了。肯定是躲到沙发侧面那一点点角落去了。这时我才想起，其实欢欢从组长女孩第一次提着鞋进来，就知道自己惹的事情发作了，便尽量躲远点,现在则干脆藏起来,这不就是不打自招了吗?!

看来的确是欢欢撒的尿了。事情搞清楚了,这让我有点尴尬,欢欢是我带来的,结果惹出了这样的乱子,引起了一场不大不小的风波。

不过,我还是责怪女孩子们不早说,也不告诉人家。

女孩子们异口同声:“说了怕您让欢欢离开大家啊!”

我说:“这件事到此为止,不要把它当笑话传,你们还要好好配合组长的工作!”

女孩子们笑着答应后走了。

接下来我叫出那位组长女孩,先让她闻一闻鞋,她也闻出了尿臊味,说:“不是水而是尿,这不更严重了吗?”

我让她细闻一下与人尿有没有区别?她闻了闻,说:“就是不一样。”

我朝沙发侧面靠墙角的地方指一指,让她过去看看。女孩走过去,我也跟过去,看见欢欢正躲在沙发一侧的角落处,头尽量挤在里边不看人。

女孩突然破涕为笑,说:“刘总,我知道了。其实我心里也挺喜欢她的,就是怕毛茸茸的东西,所以没办法对她表示爱,她撒气也很正常。没事的,这事就过去了。”

组长女孩的聪慧与大度真让人欣慰,该说的她已全说,我还有什么好说的?就与她会心一笑,把鞋还给她,让她用热水把里边多刷一刷。

现在轮到我要“收拾”女儿了,我走到沙发一侧,见欢欢缩在那里一动不动,头也不敢抬,尾巴夹得紧紧的,顿时让人生出许多的怜爱来。

我马上想到,家长对儿女的娇惯是不是就是这样开始的呢?转念又一想,不是的,因为欢欢已经表现出了极其显著的知错认错态度,生出怜爱才是正常的啊！那么,现在这种情况下,看来还得爸爸来安慰女儿了！

我从角落里抱起欢欢,欢欢的身子在微微地发抖,我确信欢欢是真的知错了！认错了！那么我还能说什么呢?！还要怎样“收拾”小女儿呢?！我从心底里开始为自己辩解:就算是我溺爱女儿一次吧,但在她已经完全知错认错的情况下,我还能怎么办呢?！

亲历了这件事后,我对欢欢越发另眼相看了。首先,欢欢的这种撒气行为，看似顽皮淘气甚至捣蛋，但这表明她有着复杂的情感活动，她通过察言观色能准确地判断出别人对自己的态度。当然，她对这种态度的内在原因并不理解，便来了个简单化的报复行动。

其实,大凡养过狗的朋友都会有类似的经验:自己所养的狗狗经常会有淘气捣蛋犯错的情况,但是,所有的狗狗犯了错,都会马上表现出知错认错的态度。

比如,去年我的同事加邻居方老师养了一只小狗,还没有断奶就抱过来，是方老师喂牛奶长大的，结果这只小狗对方老师就特别亲,又特别护家。稍大点,便经常把邻居的东西往自己家里叼,像拖把、拖鞋之类。一开始还引起了邻居的误解,后来经方老师解释,大家就把这当成了趣事,丢了东西直接到方老师家里找,邻居一来找东西，那只小狗便藏到床底下不出来，这自然就是知错认错啊！

所有的狗都会犯错,这没有什么可说的,“万物之灵”的人类不也是这样吗？而所有的狗都会天然地知错认错,这却把我们人类比得无地自容了！

我们人类有发达的思维,丰富的情感,复杂的思想,有自我意识,有人格尊严,同时却无可奈何地患有掩饰隐藏、托词辩解、假话抵赖和死不认错这样的顽症。这绝对是人类的专利和通病。难道不是这样吗?!

但是,让人焦虑的还是当下的国人!历史上的国人也不可能没有人类的通病,但那时有中华民族的主流精神做主导,人类“死不认错”的通病还没有成为国人的流行病。

现今时代,包裹在现代意识里的个人至上思想成为主导,“死不认错”就成了国人理直气壮的生存逻辑。面对这种局面,所有的人,包括“死不认错”者,却都在“人不如狗”的哀叹中,为我们的社会而担忧!

吴某说欢欢“脸像猫脸小，眼像牛眼大，看人有‘凶光’”，此言不虚。看看这张照片，欢欢的眼睛有多大！不过，有没有“凶光”那是看对谁呢！

欢欢这张照片，威武雄健，凛然不可侵犯。这张照片拍成后被爸爸放大挂于大厅迎门墙上，以吓阻可能入室的“梁上君子”。

第九章 警 示

前已述及，我的创业是从搞生物新产品的研发开始的。当时正值新时期的“改革开放”伊始，国家给了大力发展生物技术的政策，也鼓励科技人员下海创业。我就在外创办了一家生物技术研究所。其时，先后有几十号研发人员加盟。

因为感觉大家平时工作比较繁忙单调，我便把欢欢带到研究所调节一下气氛。

每天早晨我提着布兜进门上班，布兜里站着欢欢，她的小脑袋探出兜口，研究所的年轻人马上把欢欢从布兜抱出，这个逗逗，那个抱抱，有时候还轮不过来。

打铃上班后，工作人员进到里间，我和欢次就待在外间的办公室里。

我开始了一天的紧张工作，欢欢则趴在身旁的沙发上，她通常是下巴压着前爪，大眼睛一直望着我。有时候我朝她一回看，她马上摇摇尾巴，表示已经收到了爸爸怜爱的信息。

门外如有人走动，欢欢立时警觉起来，马上会从沙发上蹲起，虎视眈眈地盯着门缝。只要有人敲门，欢欢立即会发出强而脆、猛而急的“汪汪汪”的吼声。

这声音强到什么程度？只要欢欢吼叫几声，我的耳膜就被震得轰轰作响，所以，只要欢欢一出声，隔着门往往也会把门外的人吓一大跳，都以为室内有一只猛犬，一般都不会贸然进门。等我开门请进客人，客人发现蹲在沙发上的吼者才如猫一般小时，总是会大感意外，最常议论的一句话就是：少见！脸小眼大，体小声大！

客人进来坐在对面沙发上，我则拍拍欢欢的背说“乖乖别吵”，一般时候，她会马上安静下来，重新趴在沙发上，盯着来客的一举一动，但仍从鼻子里发出低沉的“哼哼哼”的示威声，表示她并没有放松警惕。直到我与来客谈上一会儿话后，她才会停止这样的示威。

有时，当欢欢发现我与客人谈得热乎时，她也会主动跳下沙发走到客人跟前，闻闻鞋和裤口的地方。如果客人敢伸手摸摸她的脑袋，她就会摇几下尾巴表示友好。以后这位客人再来访时，欢欢一般就只低声哼哼几下。如果是三访，欢欢不但不再吼叫，还会主动摇摇尾巴表示认识并予以欢迎。

但这种最通常的表现，却遇到了一个非常特殊的例外，而这例外的背后居然还潜藏了一件不大不小的违法案子。

我原先的工作单位有一位年轻人吴某，因小我十多岁，平时我叫他小吴。他听说我在外办研究所开发了几个新产品，就来了解情况，来过几次后他发现新产品不错，便希望由他来销售这些产品。我告诉他目前产品还处于研发阶段，只是在指定单位试验，不能对外销售。

可能正因为试验阶段，产品没有公开销售，而临床又急需，所以这个小吴就一直鼓动我给他点产品，让他扩大试验，并可卖高价。他几乎隔三岔五来游说一次。即便这样，我仍然明确告诉他试验只能在批准的指定医院，不能扩大，所以他每次来都是空手而归。

虽然这位小吴每次来都很有礼貌，言谈也是轻声细语，但欢欢对他却始终很不友好。

按说他来的次数已经不少了，但每次从进门到出门，欢欢都一直蹲在沙发上很凶地朝他吼叫，脖子上面、脊背上面的一排毛也竖起来，眼珠流露出少有的冷光，这种情况的确比较少见。

自然，这样的不友好让我有点尴尬，也明显失礼，所以我便予以制止，但欢欢对我的制止居然意外地不予理会，我的制止声如果大了，她还斜着眼珠盯一下我，继续吼她的。

欢欢吼的时间长了，嘴也不对着吴某了，只是高昂着头朝着天花板，“汪汪汪”“汪汪汪”地吼叫，就这样连吼半个小时声音不减强度，而且根本没有停下来的意思。结果，我和吴某每次的谈话都是在吼声中开始，在吼声中进行，在吼声中结束，其效果之差可想而知。

更蹊跷的是，每次吴某结束谈话刚一离座出门，欢欢立马跳下沙发跑过去，用鼻子将吴某坐过的地方仔细嗅个遍，嗅完沙发再去嗅门框与门扇边的接合部，边嗅还边从鼻子里发出低沉的显得很生气的“哼哼”声！

我曾猜想可能是因为这个小吴长得特胖，人高马大，欢欢认为他有潜在的威胁吧。不过每次我都要为欢欢不听招呼，没有礼貌而生点气。

等吴某走后，我就指着欢欢训她：“怎么回事，这么胡闹？”

大概是吼累了，欢欢又重新趴在沙发上，下巴压着前爪，歪着头只抬抬眼皮瞅我一下，然后就眯起眼睛，自顾自地打起了瞌睡，弄得我顿时也没了脾气。

终于,这位吴某最后又来了一次,谈话也转到了欢欢身上。

他说:“刘老师,您这只狗不怎么样,长得很丑!”

我一听这话,就有点惊讶,很认真地问:“怎么个丑法?”

他说:“脸像猫脸小,眼像牛眼大,根本不协调,而且看人有凶光,这是不祥之物,您养着可能有晦气的。不过倒肥肥的,杀了吃肉还可以!”

吴某的这番话一落音,我对他的反感立时冲头。心想:怪不得欢欢这么讨厌你,原来你心里这样歹!

于是,我很不客气地说:“小吴,你也太偏私了。我并不知道欢欢为啥对你这样,但你就这么颠倒美丑?大家都认为那大眼睛是美不是丑,就你特别?!”

不等他答话,我又随口丢出一句:“她看你大眼有凶光,你看她大眼直发怵,该不是你做了什么亏心事吧?”

他听了这后一句话,有点尴尬地说:“刘老师,您说到哪里去了?您看我这样的人,能做什么出格事呢?”

我缓和着笑笑说:“开个玩笑。如果你觉得欢欢对你不礼貌,我这里向你赔礼道歉了,怎么样?”

他也笑笑说:“没什么,我也是开玩笑,请刘老师不要介意!”

吴某就这么最后一次匆匆告辞,再也未来。

可是,不久竟然传来了非常严重的消息:公安局查出了个假药案,所造之药正是我这里正在研发,仍处于临床试验阶段的一种新产品。造假者从药店几分钱一支买来维生素B1,擦掉上面的字,再印上新产品名称,然后高价卖出。

这个吴某居然是案件的二号人物。一号人物造假,他卖假。一号人物当时不在现场,而他却被公安抓了个正着。

后来在对案子进行审理时，由于产品本身正在试验，吴某也未形成规模销售，公安在征求了我的意见后，只对他进行了没收所得、罚款和行政拘留，并没有进行更重的处理。

至于欢欢到底是什么之物，自己十多年的成功创业已经做出了证明：欢欢不仅是自己情感上的"小女儿"，还是自己事业上的吉祥物！

这个故事听起来有点神秘兮兮，好像欢欢是个神物似的，而故事的过于精彩也像是我编的一样，但我可以用自己的人格担保，这件事完全真实。

不要说别人不太相信了，连我自己到现在也不明白，欢欢为什么这么敌视那位卖假同事。我想可能的原因一个如前所述，大概是他的身材高大，举手投足动作较猛，欢欢认为他有潜在的危险性；另一个可能是他身上有人所闻不到的异常气味，比如造假场地的化学品气味，与造假者一起到歌舞厅厮混时身上沾染了什么异味，等等。这当然仅仅是我的猜测而已。

据科学研究，狗比人的嗅觉要灵敏两百多倍，人完全感觉不到的东西，对狗来说可能已经相当严重了。这样，欢欢便发现这个人怎么就不像个正常人，所以才这样有预见性地排斥他。

我想这样的猜测仍然是有限的，也许还有更深层的原因存在其中，只不过我们人类至今还没有认识到吧！

不管怎么说，欢欢对那位同事来谈合作，的确起了干扰破坏作用，由此，又因为那位同事对欢欢的负面评价，引起了我的反感，在这样的情绪影响下，合作便更是不可能了。否则，我的心一软，给他一点真品，他与假药混到一起销售，那不就真假难辨了吗？想想还真有点后怕啊！

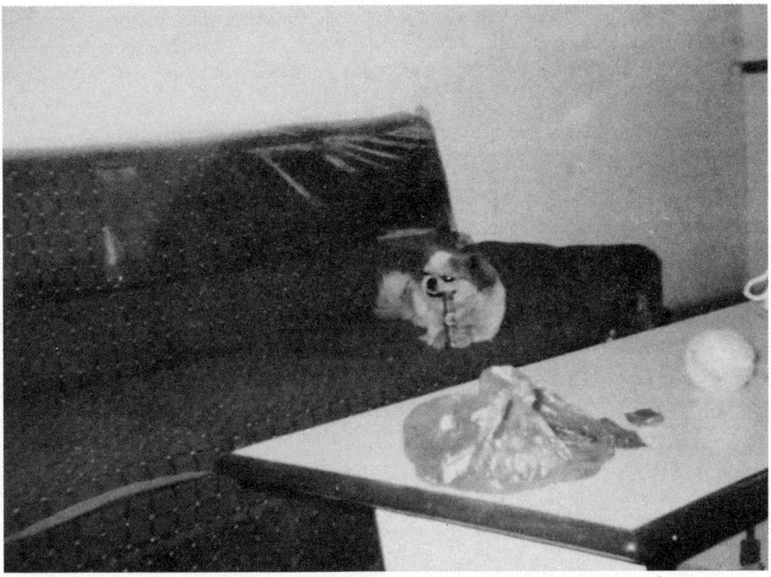

欢欢刚来新家，正在用她的主餐——火腿肠。多少年来欢欢就是以这个为食，又在这个行为上面演绎了多少有趣的故事呢？

这是关中周至塔，爸爸带着两个女儿回老家路过这里留影，是因为爸爸小时候就在这塔旁边的一座工厂里生活。

第十章 护 食

前面已经多次提到欢欢的饮食,比如说欢欢从来不吃自宴席带回的东西,也拒吃掉到地上的食物,欢欢很杂食,等等。

为了保证欢欢的饮食科学合理,夫人曾一直留意去超市采购狗类的专用食品,但欢欢刚来那几年,“改革开放”还没有深化,现在到处都有的宠物商店,那时还很少,宠物专用食品更是匮乏。

为了干净和方便,我们就以火腿肠作为欢欢的主餐,这种食品里面有肉末,有淀粉,比较筋道,欢欢也很喜欢。为了锻炼欢欢的牙口,每次给火腿肠并不需要划开外皮,而是直接放在盘子里,由欢欢自己咬破并撕开外皮去吃。

欢欢吃主餐每天只有一顿,通常是中午,全家人围桌而餐时,同时也给欢欢两根小号的火腿肠就行了。早晨和晚上,欢欢主要是跟着家人吃点零食。

每天只吃一次主餐,欢欢自然是看成最重要的事情。“民以食为天”这句古语似乎在欢欢身上也比较适用。

为什么这么说呢？

因为欢欢吃主餐时，会出现强烈的“护食”行为。

所谓“护食”，就是欢欢在吃主餐时，绝对不让别人动她的食物。

这一现象首先是女儿发现的。女儿那时正上小学，每天中午放学回家吃饭，她最经心的事情就是给欢欢放午餐，生怕饿了她的好妹妹。

一个周日的中午，我们全家正准备吃饭，女儿先给欢欢放了两根火腿肠，欢欢很快就咬破了其中一根的外皮。

这时，女儿看见火腿肠的外皮上好像粘了点什么，她就操着好心想给擦一下，便伸手去拿火腿肠。谁知，欢欢一下子扑咬住火腿肠，并且发出很不友好的“哼哼哼”的威胁声。

女儿知道，这样的声音平时只针对陌生人，但现在却针对她这个姐姐了。这让女儿有点意外，也有点生气。

女儿没有勉强去拿火腿肠，却到厨房给妈妈“告状”，说欢欢对自己很不友好。

夫人一边听女儿絮叨，一边忙她手头的饭菜，当然她也觉得这又不是什么大事，就说：“不让拿就不拿呗。”

女儿可不愿意了，说：“您没听见她在恨我吗？”

夫人一看女儿很认真的样子，也不好轻视了，就说：“她应该不是针对你的。”

女儿说：“明明在恨我嘛！”

夫人已经收拾好了饭菜，就安慰女儿说：“让我试试。”

这时欢欢刚刚吃完第一根火腿肠，正在津津有味地撕咬第二根。夫人走过去刚一蹲下，还没等伸手，欢欢就“哼哼哼”地发出了威胁声。

女儿好奇地说：“啊，就是没对着我，怎么也恨妈妈？”

夫人说:“还真是,这么白眼狼的,翻脸就不认人了?”

夫人当然不服,伸手过去想硬拿下火腿肠,谁知欢欢却死死咬住不放,并且发出了更大的“哼哼哼”的警告声。

夫人没有拿下,马上朝我招手:“你也来试试!”

我想,就凭我对欢欢的疼爱,这一点感情还是有的,至少应该不会那么凶吧!

我就走过去,只在欢欢面前一站,欢欢就扑咬住火腿肠,从喉咙里发出低沉的“呜呜呜”的声音,表示了坚决的警告。

我心想,你这小家伙竟然这么凶?还真翻脸不认老爸了?连一点情分都没有了?

想到这里,就蹲下身子伸手去硬拿火腿肠,欢欢死死咬住火腿肠,斜着大眼睛朝我翻看着,发出了更加强烈的“呜呜呜”的抗议声。

一看到这情形,女儿说:“爸爸,不惹欢欢了,让她吃吧!”

女儿心先软了,她知道了欢欢不是针对自己后,马上就不生什么气了,转而又显露出姐姐对妹妹的柔情。

接下来吃午饭中，大家都因为欢欢这么不客气，这么没有情分，把大家都当成陌生人对待，让人有点丧气地议论欢欢为什么会这样。

女儿说:“欢欢和咱们还是有点生,今后应该对欢欢更好。”

夫人说:“都一起生活几年了，不是生的问题，动物就是动物，野性总是难改的。”

我说:“吃东西肯定是欢欢最要紧的大事,在这个问题上她最在意,她不愿将吃东西随意对待。她还是怕咱们抢了她吃的东西。”

女儿说:“爸爸说得对,欢欢肯定是理解成抢她的食了!”

如果真是这样,问题就来了:前面不是写了欢欢对我们的深情吗？不是写了欢欢对我们的高度信任吗？这又如何去解释呢？

此后好长时间，这个问题一直萦绕在我的脑际，想不通啊！

终于，一次巧遇一下子就解开了这个谜底。

那是一个晚春的周日。全家人到古城之南秦岭北麓的太平峪春游，在峪口外公路边上一户人家前院休息。这个院子没有围墙，放了好多风景石售卖。夫人将车停在路边，怕欢欢乱跑，就将她留在了车内。

我们选了几块平整一点的风景石坐下，拿出饮料和小吃，准备在这里补充点水和能量。

忽然，一块风景石后扭扭摆摆地走出了几只小黑狗。小狗只有拳头那么大，毛茸茸的，摇摇晃晃地向我们走来。

这个时候的小狗，不仅形体浑圆，十分可爱，就连性情也很讨人喜欢，它们看见谁都亲，都欢快地摇着小尾巴示好，都凑上去亲热。

女儿看见眼前这些小家伙，高兴得不得了，摸摸这个，逗逗那个，还拿出饼干喂它们。但小狗们只是闻一闻，并不张口，然后就挨个走到我们每个人的脚前，很仔细地闻我们的鞋帮和裤口的地方。

女儿突然半自言自语半向我们提问地说："小狗为什么长得样子和性情都这么可爱呢？"

这的确是一个可大可小，也是一个可有可无的问题。

夫人说："没什么，这是动物自然发育过程中的一个阶段，不存在为什么。"

夫人是按"无"来认识这一现象的。

女儿却说："小狗明明就是比大狗可爱嘛！"

女儿是按"有"来认识这一现象的。

女儿这么问表明她爱思考，夫人这么答，说明她因生活阅历丰富，认识事物已经老到了。

女儿看着我，她在等待我的回答。其实我是同意夫人意见的，但对女儿的问题也要给予合理的解释。

我说：“这问题要从两方面看，一是动物小时候没有任何自我防卫能力，长得可爱就可以避免受伤害，这叫‘以柔克刚’。二是动物小时候没有生活经历，不知道世界上存在假恶丑，所以性情就十分善意，这叫‘狗之初性本善’。”

夫人半赞半讽地说：“还是研究生有水平，不过原话可是‘人之初性本善’！”

我说：“人之初、狗之初，还有狼之初都是一样的，甚至在怀孕的早期，人与马牛羊的胚胎形状都是一样的！”

凭着我这个医学硕士的知识功底，解释这类问题本身就不是问题。不过，人之初是“性本善”还是“性本恶”，从文化史上看一直是有争论的，总的来说西方文化由于有宗教“原罪论”的主导，趋向于认同“性恶论”，而中国文化由于有孔孟“仁爱论”的主导，趋向于认同“性善论”。我当然是认同后者的。

大家正讨论得热闹，一只与欢欢一般大的狮子狗从屋里走出来，打断了这一场讨论。这只狗全身油亮亮的黑色，肚皮下悬着两排饱满的奶头，一看就知道是这群小狗的妈妈。

狗妈妈看见自己的孩子们全围着我们转圈圈，它也友好地走过来，挨个闻我们的鞋帮和裤口。

这时，家里的男主人走出来，看见他家的大狗小狗全在我们身边，就朝我们笑着点点头，也坐在旁边的石头上。

这位男主人问：“家里也养着小狗吧？”

我好奇地反问：“您怎么知道的？”

男主人笑着答道：“看我们家狗的反应嘛！它们闻你们那么仔细！”

“那您怎么知道是小狗？”我仍不解地问。

男主人说:“还是看反应,你家养的要是大狗,它们闻一下就会走开。”

我一听这位乡党对狗还真有研究,马上一转念想问问欢欢那个一直让我们耿耿于怀的问题。

我说:“乡党,请教您件事情。我家的小狗和我们非常亲,但她吃东西时我们要动食物,她会发出很凶狠的声音警告我们。让人想不通。”

这位乡党说:“那是护食。很简单,这狗是成年以后才到你们家的!”

“您怎么知道?”我问。

这位乡党解释:“小狗生下来刚睁开眼的头几周,谁要总在它身边,让它看见,让它闻见,让它听见,那它今后就不对这个人护食了;在一两个月以内,让它看见,让它闻见,让它听见,也护,但不太强烈;再过了这段时间养它,你对它再爱,它对你再亲,遇到吃东西,那还是要护食的。”

乡党见我半信半疑,马上要演示给我们看。他转身从家里取来一块油饼,给他那只母狮子狗,狮子狗很高兴地将油饼叼到口里,转过身趴在地上吃起来。

乡党走过去从他的狮子狗口里拿走了油饼,这只狗只是摇着尾巴,望着油饼流口水,并没有别的反应。乡党又将油饼给它,喊出他的夫人,让她从口里去取。夫人出了房门朝我们笑笑,走到狮子狗前,还没有伸手,这狗就不愿意了,发出了“哼哼哼”的警告声。

乡党说:“你们看就这样。其实平时都是孩子他妈管它,但这狗刚生下来时是我管的。平时对家里人都一样亲,就是吃东西时只有我能动。”

终于解开了谜底,真没想到,狗还有这么复杂,同时逻辑又这样严密的身份认知意识。

欢欢护食的谜底解开,着实带来了更多的也更为深层的问题。

首先,正如我给女儿推测的那样,狗狗们是把自己吃主餐当成最重要的事情来对待的。在最关键的涉及生存的问题上,狗狗们能保持相当的清醒,它们能把轻重缓急分得很开,不涉及与生存相关的事情,它们尽可以亲热,尽可以信任,而涉及与生存相关的问题,则毫不含糊地选择最有保障的行为模式。

再者,狗狗们本能地认为,在自己睁开眼睛最早的吃奶期出现的人或动物,对自己的生存是最有利的,至少是没有危险的;而之后,就很难说了,也就不可靠了。

这样的认知在人看来虽然有点机械和教条,但不可否认,这样的认知的确有着相当严密的逻辑相关性。

最后,也是最重要最深刻的问题是,在欢欢的认知里,我们与她的关系到底是什么性质的?

尽管我和夫人早已将她人格化后,认作了小女儿,女儿也将她当作了自己的妹妹,我们完全把她当成了亲生的骨肉来对待,但根据欢欢的护食反应,根据那位乡党对护食的解密,我们不得不承认一个事实:在欢欢看来,我们与她,并不是骨肉亲情关系,而是一种收养关系。

认识到这一点,对我们的心理打击是明显的,我的感情的失落也是严重的。很长一段时间我都转不过这个弯来。

然而,作为高学历的我,理性总在心中,作为八个月大才收养的欢欢,事实总在那里,再遗憾没有与欢欢建立骨肉亲情的机会,也于事无补!

不过,经过了一段心理挫折后,最后我还是想通了一切,并且感觉我们与欢欢的这种非骨肉亲情关系,恰恰才是最珍贵的,也才是最有意义的！

同时，在欢欢身上得到的启示也是巨大的，那就是欢欢的主次意识，原则意识。即在欢欢看来，她的吃食是维持生命的基本方面，那是不容有任何闪失的，其他都可以变通。

相比较而言，我们人类，脑子却往往还没有狗类这么清醒。比如大学生，学习是主要的，享受生活是次要的，但现在大学里的许多“时代骄子”分不清主次，上大学期间把学习放在一边，把享受生活当成主要内容，难道这还比狗类聪明吗？

另外，人的关系当然包括亲情关系和社会关系，但亲情关系存在一个基本的规则，专业术语就是“责任与义务”，浅俗说法就是“应该与不应该”。

父母生养儿女，儿女孝敬父母，这都是天经地义的，尽管现在我们的社会连这个也做不到做不好，但非亲骨肉之间人与人应该成为什么样的状态，则是更大的问题。

欢欢以她本能的理性，定位我们为非亲情骨肉关系，却又以她对我们深沉的感情，对我们极大的信任，形成了一种超越骨肉亲情的无私的爱，这不真正才是值得我和我的家人，还有我的同胞，扩而广之，眷念珍惜的吗？

正因为如此，欢欢发生在与我们非亲情骨肉基础上的一系列不可思议的正确合理的行为，不才是对人类反省自己有着重要的启示意义吗？

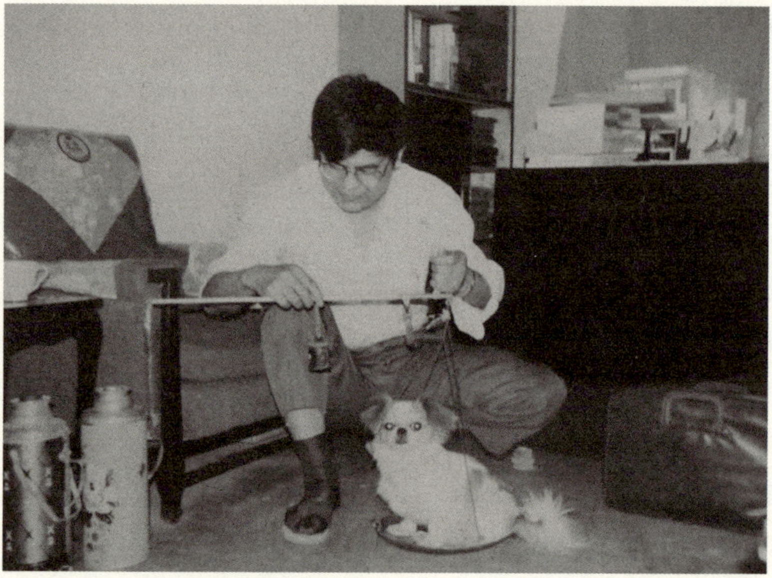

要给欢欢称体重了，爸爸自以为是的给大女儿教如何将欢欢放上秤盘，并防止她跳下来，却没想到欢欢看见秤盘，就自己走过去蹲在了盘子里。

欢欢从晚秋到长冬再到初春，都喜欢晒太阳，而且随着阳光的移动不断地变换位置，一直到身上晒得热烘烘的。

第十一章 自 觉

自觉对人来说,是一项非常重要极为可贵的素质,但对小女欢欢来说,可能就是她的灵性与天性,因为在这方面,欢欢实在有着太多的趣事。

先看看欢欢对称体重的反应。

父母养育孩子怎么样,一个客观指标是体重。出身医生的我,当然是会注意到这项硬指标的。

欢欢来到这个新家已经有一段时间了,我们养育她的质量到底怎样,我马上想到应该定期给欢欢称一称体重。

说办就办,一个周日的中午,准备给欢欢第一次称体重。我取出家里原本就有的手提盘子秤,叫来女儿帮忙。

因怕欢欢不配合而称不成,我先给女儿教如何将欢欢放上秤盘并固定住的办法:秤盘放地上,女儿将欢欢抱放上去,一只手挡住欢欢脸,另一只手挡住屁股,这时,我提起秤的吊绳后,女儿快速移开手,趁着这几秒钟的时间称出欢欢的体重。

我问女儿:“怎么样?”

“好着呢。”女儿答道。

我说:“好,那就开始!”

女儿抱着欢欢过来,先把她放在秤盘旁,她必须一只手先从吊秤盘的三根吊绳之间掏过去,再将欢欢放上秤盘,这样才能在我提起秤的吊绳时,她可以挡住欢欢的前后,这就能防止欢欢中途跳下盘子。

忽然,让大家意想不到的趣事发生了:欢欢嗅了嗅秤盘,居然大大方方自己走了上去,将身子调整一下,顺着秤盘的圆凹形蹲下。本来如果直着卧,她的头和屁股会超出秤盘的,但欢欢这么蹲在盘子里边,不偏不斜,正好。

我和女儿看见这一幕,简直要笑喷了。女儿大喊:“姥姥,妈妈,快来看呀!”岳母和夫人正在厨房收拾午饭,不知外屋有什么事,一前一后走了出来。

女儿指着秤盘上的欢欢,说了刚才我怎么让她放欢欢到盘子上,怎么防止欢欢跳下来,可没想到我们还没动,欢欢却自己上去了的经过。

夫人一听也乐了,却说:“你们可以再试一次呀。”

女儿觉着没把握,说:“再抱下来可就不一定再上了。”

我说:“没事的,再试一下看看。”

女儿将欢欢从秤盘抱出,放在旁边地上。女儿刚一松手,欢欢便自动走上盘子,调整一下前后腿,以一种近乎优雅的动作蹲在秤盘里。女儿再抱出来,欢欢再自动踏上盘子蹲下。

岳母和夫人看到眼前的状况,不由自主“哈哈哈”地乐起来。我和女儿也跟着笑声难抑,只几下子,女儿已经笑得眼泪长流。大家都觉得欢欢的这一举动简直是情趣盎然,灵性可叹。难道她还知道是在给自己称体重吗？

当然，这下子我就可以从从容容地给欢欢称重了。经过仔细称量，欢欢的体重不多不少整十斤。

这以后，每隔一个月我们都要给欢欢查体重。每次都是只要我拿出秤，放下秤盘，欢欢就自己蹲上去。有时只要看见我取出秤，欢欢就跑过来，将我跟前跟后，似乎急着让我放下盘子似的。

每到这时，我便故意逗欢欢，将秤盘放在椅子上，这种情况下，欢欢就踮起后腿，趴在椅座边，望着秤盘“哼哼哼”地叫。有时我将秤盘放在沙发上，欢欢仍然会跳上去蹲在盘子里。如此，给欢欢称体重便成了一件乐事，也就不等一个月便称一次。

以后多年，通过经常性给欢欢称体重，发现欢欢的体重非常稳定，始终保持在整十斤的标准上，不增不减。这当然是健康的标志之一，也是我们养育女儿比较用心的体现啊！

再看欢欢晒太阳的情况。

本来阳光对人的健康是非常有益的，尤其对那些长年在室内工作的人就更为重要，但人由于智识复杂化以后，受到的人为干扰太多，往往还不如一些动物了。

比如欢欢晒太阳，就既有趣又能给人以启示。

晚春整夏初秋三季看不出欢欢对阳光有特别的兴趣。一到晚秋整冬再到初春，欢欢就会特别亲近阳光，通常是卧在能透进阳光的房间里的阳光直射区。岳母的房子在二楼东侧，女儿的房子在二楼西侧，我的在三楼南侧，欢欢就这么一天之中上午中午下午在两层楼三个房间来回换着晒太阳。

一个周日中午，我在家午休，窗户射进一束阳光洒在地板上。我午休必须拉上窗帘，就在正要动手拉帘子的时候，欢欢跑了进来，就势卧在床侧洒着阳光的地板上。

我知道欢欢这是在晒太阳，那么我就不能全拉上窗帘了，而是留了个口子，这样加上由于房檐的遮挡，阳光不多不少刚好照在欢欢身上。欢欢又有意将身子蜷缩起来，正好占据了整个阳光区。

其实，这样拉窗帘给欢欢留这么一点地方，显然忽视了一点：太阳是移动的啊，但当时并没有多想就上床午休。

一觉醒来，那束阳光已经从床侧移到了墙根部，而欢欢呢？仍在那束阳光的照射区！原来欢欢是跟着阳光不断挪着自己的卧位！

我下床摸摸欢欢的身体，热乎乎的，想不到欢欢这么晒太阳还真的很有效。

另看欢欢吃筷子上夹着的东西。

欢欢只在中午吃一顿主食，早上一般不吃东西，晚上只随家里人吃点零食。虽然是吃零食，但并不是随随便便给喂就吃。

首先，家里人要自己边吃边给欢欢喂，自己不吃欢欢不来；欢欢来了不管她，只顾吃自己的也不行，欢欢等一会儿便会喊“汪”提示。喂时食物不能太热，凉一点不要紧。

以上这些都好办，最要注意的是一定要用筷子夹着东西放在欢欢口里。这里有一个细节很有意思，就是欢欢吃筷子夹着的食物时，食物要留出足够长的一段，如果留的一段较短，欢欢吞食时估计有可能挨到筷子头，那她就拒吃了；拒吃可不是走了，而是望着筷子头“哼哼哼”地叫，你要不变不管仍这么夹着给她，她就会摇头晃脑“汪汪汪”地大喊。

第一次遇到这种情况时，大家都不理解欢欢是什么意思，只好反复换着夹食物，后来发现同样的食物，有的吃，有的不吃光叫，才意识到欢欢不吃夹的太短的食物，她是怕自己的嘴碰了筷子。

想不到欢欢居然还有这样一种良好的生活习性。

这是很有意思的，难道欢欢还知道自己的口不能挨到别人吃饭的筷子吗？难道欢欢还有这么自觉的卫生意识吗？不管怎样，欢欢的确就做到了这些啊！

还看欢欢对给她供主食的反应。

前面已经交代过，给欢欢的主食是火腿肠。每天中午家里人吃饭前，给欢欢放两根火腿肠就行了。为了保鲜，夏季将火腿肠放进冰箱，其他季节放在餐厅一角的地板上。

因为是主食，每次买火腿肠都一整包，外包装是塑料袋子，用小刀划开个口子，从中取出火腿肠，天天中午如此，有时哪一天家里人吃饭时忘了给欢欢取食，欢欢会自己跑到火腿肠包前“汪汪汪”地叫，大家马上就被提醒了。

如果哪一天家里人集体出门，赶中午回不来，都要提前将火腿肠从包装袋取出，放在欢欢的餐盘内。即便包装袋就在餐厅的地上，并且开着口子，也要取出放给欢欢，并不指望欢欢自己从包内叼出。

也的确，还真没有见过欢欢自己叼食吃。后来的一次经历才发现，欢欢是决不自己去叼食的。

那是一个周日，岳母老家来了亲戚，住在咸阳的另一亲戚家，一大早全家人陪岳母去咸阳看亲戚，原定中午回家，去了后才意识到中午不可能回来了。岳母与亲戚十多年未见面，一打开话匣子谁也收不住，索性就从从容容地到了中午，岳母又请亲戚吃了午饭，下午全家人才从咸阳驱车赶回家。

在回家的路上，女儿一个劲催妈妈把车开快点，原来女儿是在操心她的小妹妹中午可能挨饿了。

夫人说：“火腿肠在餐厅地上放着，欢欢饿了自己会叼出来吃的。”

女儿说：“还没见过欢欢自己叼过呀！”

我说：“家里有人，她当然不用自己取，家里没人她要饿了应该会自己解决问题的。”

我说这话当然是有理由的，毕竟“民以食为天”，有道是“饥不择食”，不要说狗了，就是人真饿急了，偷抢的事也能干出来。

女儿一听我这么说，也不好坚持。大家只能各自猜想欢欢的实际表现了。

半下午时分全家人回到了家，欢欢照例在门里迎接我们，女儿进门就去看那袋火腿肠，欢欢也跟了过去。

非常意外，欢欢根本就没有动那个袋子，里边的火腿肠一根不少！

女儿抱起欢欢，将她的小脸贴在自己脸上狠劲亲了亲，说：“好妹妹，挨饿了，对不起！”

女儿边说边取出火腿肠给欢欢，欢欢的确饿了，三下五除二，一口气便吃掉了两根，然后就去喝水，喝完水才过来跟我们补刚才没有亲热够的动作，就是跳沙发撒欢。

这次欢欢不自行取食的行为，的确打破了“民以食为天”的铁律，从表面看，也与前面记叙的欢欢强烈的护食行为形成矛盾。

然而仔细斟酌，却深含大理，这就是：护食是已经给欢欢的食物，她是在保护自己的饮食权，而放在袋子里的东西，欢欢却认为那还不是自己的东西，所以她就决不自行去取，宁可饿肚子。

有朋友可能不相信这是真的，对此，我写的虽然是文学作品，但我仍愿意用自己的人格来担保，欢欢这件事绝对真实。

有朋友也许相信这一点，甚至发现自己家里养的狗狗可能也是这样，但对我的升华性评论大概不一定认同。

这是正常的，因为人类在西方这几百年来不断地灭上帝，在东方这一百年来持续地灭天道，人类已经越来越狂妄自大了，将自然界所有的存在物都当成自己的宰杀与消费对象，哪里还有耐心去理解动物!

但只要人类还存留一点良知,冷静下来,理性地分析欢欢这样的动物所表现出的优秀品质，难道还不能给人类自己以深刻的启示吗?毕竟连动物都能做到的自觉,我们人类还有什么理由不能自觉地做到呢!

这是一张欢欢神态盎然的美女照。欢欢蹲在地上，伸长脖子向一处张望，一副小大人的模样，其时还当了大半天美女级的准新娘呢！

妈妈为小女儿操了那么多心，而与小女儿在一起的照片却比较少。不过，有了这张照片，看看妈妈望着小女儿，笑得那样灿烂，一切也就尽在不言中了。

第十二章 婚 嫁

女儿大了，自然会有谈婚论嫁的问题。小女欢欢也不例外，这一年她已经三岁多了。

其实早在欢欢一岁多的时候，她就有了生理周期，要拿人来比，大约相当于十二三岁吧。这个时候给她找对象，当然有点早。不管怎样，我这个当爸的也是个接受了现代意识的知识分子，怎么会让女儿“早婚”呢？！

不过，欢欢这么优秀，我和夫人自然是希望给她找个好对象，生儿育女，以繁衍她的好品性，同时也让欢欢有一个小家庭，几个好儿女。这种情况下，欢欢的小家庭融入我们这个大家庭，岂不更有趣味，更有欢乐？

有了这个想法，等到欢欢三岁多的时候，我们就开始为她张罗着寻找对象。

据科学统计与推算，狗的自然寿命是十六岁，人的自然寿命是一百二十岁，狗的疾病比较少，常常能接近自然寿命，到十五岁。人的疾病较多，接近自然寿命的很少，所以，一般到百岁那已经是极高寿了。

从上面所述人与狗的年岁相互比较中推算，狗的一岁相当于人的七岁半，那么，欢欢三岁多，就相当于人类二十多岁的大姑娘了，这正是最佳的育龄期。

为了使欢欢的婚嫁进行得更科学一些，我还专门请教了兽医。这一请教还真是要紧，知道了一件重大的注意事项。

据兽医讲，雌性狗到了育龄期，最好要让其怀孕生子，否则，容易患一种特殊的疾病——“输卵管积脓症”，这种病搞不好会要命的。如果不想让狗狗怀孕，那就要通过剖腹手术将输卵管摘除掉。

自然，我们怎么会舍得让欢欢绝育呢?!不过，按照兽医说的医学疾病学原理，让欢欢婚嫁并生儿育女，已经不光是我们的主观愿望了，而是欢欢生理上的需要，因为这牵涉欢欢生命健康的大问题呢。

然而，现实却是，此后给欢欢找对象的事一直不顺，甚至没有丝毫进展。为此，我和夫人差不多每月都要到古城的几个狗市轮番寻找，但让人失望的是，狗市的确没有见到过同类的“藏猱”这样的品种。

这表明，当年那位四川辣妹子说的是真实的，“藏猱”狗在内地的确罕有，她是从四川的藏区带出来的，这就如同近年来在内地非常热的“藏獒”一样，都是从藏区引进，只是后来才在靠近藏区的内地省份开始繁育。但“藏猱”可没有那么幸运，在内地一直处于稀有状态。

这也难怪，中国“改开”以来，西风猛吹神州大地，西化趋势越来越重，人们养宠物狗也越来越追求西方品种，谁还去操心“藏猱”这种地道的中国狗呢?

“藏獒”可不一样，那是世界上最凶猛的烈犬，主要是给人仗胆用的。发了横财，总有点心虚气短，养一头猛犬，也就是在心理上带来一点安全感。当然也有“獒粉”，钱没挣多少，就是单纯的喜欢。还有就是产业化的养殖户。

这就比较麻烦，由于“藏獚”这个品种本身的区域分布特点，为欢欢找对象还真成了一件难事。

一次，我和夫人又到了文艺路的狗市，经人介绍，见到了一位专门从事给狗狗配种的专业户张师傅。

张师傅五十多岁了，在狗市从事这一营生已经有十多年的历史，以狗市为主阵地的养殖户们都很熟悉他，他也以专业和诚信树立起自己的品牌。

张师傅告诉我们，据他自己十多年的经验，这种“藏獚”品种内地极少，所以只能找体型大小毛色相近的狗狗作为欢欢的对象。这样的品种有小狮子、京巴等。

他介绍说，如此杂交出来的小狗，在体型、毛色与性情方面肯定与原来不一样了，且一窝仔也不均衡，有的会像母亲，有的更像父亲。但体质都会比父母健壮些，就是所谓的混血优势。

关于如何让狗狗“成婚”，张师傅说有两种办法，一种是将“新娘”身子固定起来，放进“新郎”，这样时间较短，半天就成了。另一种则是将两只狗狗放在一起，让它们自然相处，这大概需要一到两天。

我一听第一种方式，心里就不是滋味，这不是过去那种“父母之命”“媒妁之言”的“包办强迫婚嫁”吗？

当然，我的理性思维并没有因为感情上把欢欢当成女儿而弱化，那么，如果理性地对待此事，就应是：欢欢生儿育女是大事，采取什么方式是第二位的。理性说：它毕竟是动物嘛！

但是,我的感情仍然不能接受这种强迫式的“婚嫁”。欣慰的是,夫人也坚决不同意。那么,就只能选择第二种方式:自然“成婚”。

接下来,就是按照张师傅的要求,回去准确记下欢欢的生理周期,观察欢欢的性情反应,然后与张师傅联系。我提出,由张师傅将欢欢的“对象”选好了,我们先去看看“准女婿”。“成婚”的那天采取“男”到“女”家的“上门女婿”方式,张师傅的误工费我们另外付。

张师傅一听就乐起来,说:“看来你们真的把小狗当女儿了。误工费就不说了,我也是图个心情,到时候我把小狗送来就是了。”

过了几天,张师傅来电话说,“对象”选好了,让过去“相亲”。

张师傅倒挺幽默的,他也不全是顺着我们的心情说话。养狗的人其实都有这种拟人化的情感认知趋向。

我和夫人按照张师傅留下的地址,驱车前往“相亲”地——古城东郊纺织城附近的一个村子里。

张师傅见了我们先诉苦, 说是为了找到与欢欢相近的对象,他可费了好大的周折,动用了多年交往的养狗圈内的众多朋友。

张师傅边说边领我们到后院,欢欢的“准女婿”卧在笼子里,是一只狮子狗,体形大小与欢欢的确很接近,眼睛也比较大,就是毛有点长,毛色有点灰。

张师傅说,欢欢的毛色是黄白相间,那就只有“藏猸”才特有,在别的品种里不好找。

我们对欢欢的“准女婿”表示满意。当即付了“订婚礼金”,另外给张师傅的误工费他坚决不要。

过了几天,按照欢欢的生理周期,加上欢欢的反应,表明“成婚”的日子到了。张师傅在电话里详细询问了欢欢的表现,确认可以“成婚”了。

张师傅二话不说,当即打出租车送来了欢欢的“新女婿”。因为,据说狗的受孕最佳时间和人一样，只有两到三天，耽搁不得。

我们已经腾好了“新房”，将欢欢的两个窝笼都放进去，同时放了点吃的喝的。我们收拾房子时，欢欢也跟了进去，她对这间“新房”很是好奇，到处走走闻闻。我们收拾好房间退了出来，欢欢却仍待在房子里看这看那。

就在这时，张师傅将“新郎”送进“新房”，我们在外面闭上门，从门上面的一块玻璃向里看着动静，主要是怕双方不适应时撕咬对方。

欢欢看见突然进来了一只陌生的同类，脖颈上的毛立时竖起来，口里发出低沉的“呜呜呜”的威胁声。

“新郎”进去后也很谨慎，小心翼翼地走到欢欢跟前，“新郎”“新娘”的两只鼻子几乎碰到了一起，互相闻着对方。

这时欢欢停止了威胁声，闻起对方的脖颈、胸腰。而“新郎”也不失时机地闻着欢欢的全身。当“新郎”把欢欢闻了个遍，特别是闻了欢欢的后半身，这位“新郎”已经知道，眼前的“这位”就是它的“新娘”了，它立时兴奋起来，也殷勤起来，一个劲想将头在欢欢身上蹭，这时欢欢竖着的毛也落下。显然它们已经开始接受对方了。

观察到这里，张师傅说，看来有门儿，不过还得让它们在一起待一天，所以他就不等了，先回去，第二天我们再把狮子狗送过去即可。张师傅说完告辞走了。

我们也开始各干自己的事情。

突然，“新房”里传来欢欢激烈的“汪汪汪”的叫声，还有撞倒东西的碰地声。我和夫人赶快过去看，欢欢脖颈上的毛重又竖起来，向着她的“新郎”吼。“新郎”则死皮赖脸地想往欢欢身上贴，欢欢一边躲着一边高叫着警告，就是不让“新郎”靠近。喂食的小搪瓷盒碰翻了，食物撒了一地。

夫人说："麻烦，看来它们情不投意不合。"

我说："再等等，毕竟刚刚才认识。咱们俩从见面到结婚已经够快了，还花了半年时间呢！"

夫人说："正经点，能相比吗？"

我说："理性上不可比，感情上完全可以。"

夫人哑然。我和夫人当年都属于大龄青年，虽不能与现在年轻人的"闪婚"相比，可在当时已经算是"快婚"了。

我们又走开继续忙各自的事。

过了一会儿，"新房"那边又有了动静，"扑里扑通"响个不停，搪瓷盒碰得"叮当"乱响。又过了一会儿，突然是狮子狗发出"哼哼哼"的哀鸣声。

我和夫人又赶过去，却见欢欢咬住了狮子狗脖颈上的毛，狮子狗被掀翻在地，欢欢压在身上。

我见此状况，立即冲进"新房"，从欢欢口里揪下狮子狗的长毛，抱起狮子狗，拨开欢欢刚咬过的毛看皮肤。还好，由于狮子狗的毛厚，欢欢的牙又短，并没有伤及皮肉。

当然，如此状况也可能是欢欢没有真下口咬。张师傅走时曾说，不要担心它们会真咬架，这种时候，雌雄异性不会动真的伤害对方。

欢欢与"新郎"的这一场"洞房大战"可不轻松，把它们分开后，欢欢蹲在地上大口喘着气，舌头也耷拉出来。

我抱起狮子狗，它在我的怀里瑟瑟地颤抖着。我把这位"新郎"的浑身抚摸个遍，边摸边说：委屈你了，委屈你了！过了好大一会儿，狮子狗才平静下来。

我放下狮子狗，它顺势趴在地上，只看着欢欢，却不再有什么动静。欢欢卧在地上并不看这位"新郎"一眼，过一会儿，干脆跑回自己的卧房，趴在里边不再出来了。

就这样，给欢欢筹备得好好的这次“婚嫁”成了一场空欢喜，结果是以完全的失败而告终。

第二天，派人送回了狮子狗。在电话里我给张师傅详细讲述了过程，张师傅也感到意外，他认为，欢欢坚决不接受对方，最大的问题可能是因为品种不同。

这的确是完全有可能的，因为欢欢与狮子狗之间的差别，就相当于黄种人与白种人之间的差别，婚配的生物学条件是存在的，但婚配的心理学条件却有问题。

也就是说，让黄种人互相婚配，可能会存在近些年来流行的所谓“高富帅”与“恐龙”之间的认知差别，但不存在因黄种与白种之间的种间差别所造成的心理障碍。

进一步讲，让中国人与白人婚配，有的人可能接受，甚至近些年还有人不顾各种不利因素，委身就嫁，但仍有一些人会因黄白肤色而不能接受。

也即，让“京巴”或“藏獚”与狮子狗婚配，“京巴”可能接受，“藏獚”可能就不接受。当然也有可能是别的“藏獚”接受，而欢欢却不能接受，但因为没有别的“藏獚”来证明这一点，我们不妨先把不接受的原因归于“藏獚”这个品种，而不是欢欢这个个体吧。

也许，这对欢欢有失公平，但这样推测似乎科学性更强一些。

归于“藏獚”这个品种为什么科学性更强一些？

因为“藏獚”这个品种的狗是在纯净的青藏高原繁育出来的，而且世世代代生活在寺院的净土之上，几乎没有受到内地或者寺院外的群狗之间混乱杂交的干扰。

那么，以欢欢为代表的这种“藏獚”狗，必然不习惯种间混乱杂交的状况，所以她就会毅然决然地拒绝与其他狗的“婚配”。

既然如此,这种拒绝是好事还是坏事?

如果站在眼前实用主义、个体中心的角度看,的确不是好事,因为欢欢不能繁育后代了,而从长远理想主义、种群主义来看,则是好事,因为"藏獒"这个品种没有被人为地污染。

也许有人会认为,不是有杂交优势吗?这样生命力不是更强了吗?由此,欢欢接受了狮子狗,创造的后代不是有更好的适应性吗?尤其是自达尔文以降,不是动不动就说"优胜劣汰,适者生存"吗?

其实这样的观念也要一分为二!

首先,狗的适应性是否因种间杂交而增强了,就值得存疑。比如,欢欢的眼睛特大,夜视很好,而杂交后眼睛必然变小,夜视弱化,至少在这个方面不是强了,而是弱了,还怎么去发挥夜护寺院的作用呢?

更重要的则是,由人作为狗的自然选择主角,杂交后的"藏獒"再也不具备纯种"藏獒"的外形毛色品性特点了,人还能那么热心地收养繁育吗?弄不好就真的"断子绝孙"了呢!

写到这里似乎应该打住,不要再进行无限联想了,但有一个重大问题呼之欲出,欲罢不能。

这就是,关于人类的族群国别问题。古人曾追求天下大同,现代人也讲"地球村",黄种人在白种人的国度里当了州长部长,还当了派到中国的大使,黑种混血人甚至当上了白人国家的总统,好像人种形成的群体利益和族群观念过时了,成为多余的了,不应该存在了。

其实这也要具体问题具体对待!

根据欢欢的行为提示,基于种间不同群体利益的存在,不但是客观的,而且也是必然的。既然如此,对种内群体利益予以维护的行为就是正当的,这具有相当的"政治正确性"。

为什么一只狗的行为就能反映出这么重大的问题？

因为人类受到自身偏见的影响太大了，受到外界的干扰也太多了，所以，人对事物认识的局限性、片面性也比较大；而狗的行为则是从如何使种群得到最大的繁衍这个简单纯正的目的出发的，所以狗的行为方式才代表了一种天然合理的生存方式。如此，狗的行为的启示意义才更为可靠。

比如，“改开”以来，有的中国人为了过上富裕的物质生活，在语言不通，生活习俗相差很大，复杂的心理无法沟通，深刻的思想不能交流等情况下，毅然决然地嫁给老外，结果给后来的生活带来了无尽的痛苦，这不正是因为人受到了自身的短视、自身的偏见的误导造成的问题吗？

那么，从这一点来看，人类种群间形成的族群意识就是正当的，合理的。由此而形成的民族与国家观念，直至爱国主义情怀都是正当的，合理的。这不仅从社会学角度认识是这样，即便从生物学角度认识也是这样。

如此，与上述相反的观念与行为，比如不顾族群利益，一味从“地球村”观念出发，“加入世界主流”，服从外族推广的价值观，按照外族的观念变造本族，则是绝对的不正确，是对本民族的犯罪。这不仅从社会学角度看是这样，即便从生物学角度看也是这样！

正是对这只小沙皮的特别关注，才引发了小女儿欢欢的一场情感危机。由此看来，生活中“一碗水端平”是何等的重要啊！

给欢欢洗澡主要是夫人和女儿经常操心，但却未留下照片，爸爸偶尔为之，却留下此影，有抢功之嫌啊！

第十三章 启 示

与小女欢欢相处时间一长，就不仅仅是情感上的联系了。其实,我觉得欢欢对我的关于社会与生活的哲理性启示,也许更大。

启示之一是她的自尊。

前面对此已经有了初步的表述,这里再深入地观察分析于欢欢身上出现的一些现象吧。

有了欢欢后,我和家里人由对她的喜欢,发展到了对古城狗市的兴趣,全家周日出游就多了一个选项。

一次,我和女儿去文艺路狗市转悠,在一家卖小狗的摊位,女儿看中了一只刚满月的小沙皮狗。

女儿说,欢欢没有伴儿,怪孤单的。我一听女儿说得对,眼前这只小沙皮长得也着实奇特,几乎各处正好与欢欢相反:灰黄短毛,大脑袋,小眼睛,满脸的皱纹,浑身的松皮,憨态可掬,十分可爱。

没有什么犹豫,就将小沙皮买回了家。

周一在外忙了一天,傍晚下班回来,一进家门,欢欢首先迎了上来。通常,我都要先蹲下拍拍欢欢的小脑袋,抚摸一下她的脊背,与她说几句话,然后再做别的事情。

但今天,在回家的路上就想着昨天刚买回来的小沙皮,进门后,虽然欢欢像往常一样迎了上来,我却没有顾上招呼她,而是绕过欢欢径直到客厅去看小沙皮。

小沙皮由于月份小,特别黏人。我刚一蹲下,它就趴在我的腿上,咬住我的手指头不放,在它口里很有滋味地轻轻啃着,它也许还没有忘记叼着妈妈奶头吃奶的习惯呢。看到它这个样子,我另一只手便抚摸它的脊背。

这时,欢欢走到客厅门口朝里看了看,然后马上转过头走了,我也未在意。逗完小沙皮,坐在沙发上打开电视。通常,这个时候欢欢总是要跳上沙发,依偎在我的身边,但今天却不见了欢欢的踪影。

又过了一会儿,仍不见欢欢来,我起身去找,刚在楼道走了几步,脚下有滑溜感,仔细一瞧,踩上了一堆像肥皂泡沫一样的液体,往前看还有,再往前看也有。这儿一堆,那儿一堆,一直到卧室的地板上还有更大的一摊。当时我就觉得奇怪,心想这是什么东西呢?

突然,我看见欢欢站在里间屋地板上一堆泡沫前,垂着头,发着呆,口鼻上全是与地上一样的泡沫。当过医生的我大惊:医学上有句话叫“清痰轻,黄痰重,泡沫痰要了命”!我在医科大学一附院实习时,亲眼见过几例肺炎患儿并发肺水肿,口鼻涌出大量泡沫而迅速死亡的病例。

于是,我马上走过去抱起欢欢,来不及擦净她的嘴巴,就将耳朵贴在欢欢的胸部听诊。

对人听诊因为医生不方便直接将耳朵贴在病人胸部,所以发明了听诊器,其实,直接将耳朵贴在胸部听诊效果更好。由于我上大学前就已经是小有名气的乡医,上大学学的是临床医学,上研究生学的是病理学，所以自信听诊的水平是不低的。对于呼吸道感染，我通常只用听诊就不但能诊断出什么疾病，而且能推断已经病了几天，病程还有几天，经常被病人和家属看得很神。

仔细听诊后，却发现欢欢除了心跳略快外，气管支气管肺部一切正常。我仍不放心，又给欢欢测了体温，也正常。

这时夫人和女儿回到了家，我把刚才发生的事一讲，带着夫人察看地板上还没来得及擦掉的那一堆堆泡沫。

夫人马上说："是欢欢生气了！"

我说："她一只小狗能生这么大的气？"

夫人十分坚决地说："肯定是生气了！"

岳母也在旁边说："你可别小看欢欢，那年春节你们回老家没带她，她两天不吃不喝，让人真担心，只好带她去串朋友，才缓过来了。"

听了这些，女儿要从我怀里抢走欢欢，我说："解铃还须系铃人，就让我多抱抱吧。"

就这样，我一直抱着欢欢坐到餐桌旁，抱着欢欢吃完了晚饭，又抱着欢欢看完了电视里的《动物世界》。此后，欢欢口鼻上的泡沫再没有出现，第二天就完全正常了。

关于小沙皮的命运，是不久后送回了老家，一年后已经长成一条健壮的大犬，后来便一直在老家为看家护院而恪尽职守。

这一次，欢欢在我心中的地位陡然升高，完全离开了宠物的定位。我觉得她就是一位必须要受到尊重的家庭成员。她的自尊一点也不亚于我们人类同胞。

其实稍一思忖，往往还会发现我们人类的一些成员，在自尊方面还真不如狗类。狗的自尊不会受外界和其他因素的影响，而我们人类则往往为了某些眼前私利，轻易地丢弃了自己的尊严！

千百年来,人对自身的认识就是:人有人格,人格意识形成了尊严感,尊严感的另一面则是受辱感,并认为这是人区别于动物的根本之点。

但是,已有越来越多的观察发现,一些高级灵性动物也有自尊性反应,欢欢的这次生气,正是这样的典型代表,从欢欢的反应来看,这样的自尊并不比人类的自尊性弱。

事实上,人类社会在进入现代后,或者说人普遍有了现代意识后,表面的尊严感似乎加强了,而实际在现实层面,现代人的尊严意识出现了空前的危机。一些人在客观压力下丧失了尊严,另一些人则是在没有多少外界压力的情况下,主动丢掉了尊严。

比如“改开”新时期以来,中国有千百万妙龄少女走进娱乐场所当“三陪小姐”,她们在那里任人玩弄蹂躏糟蹋,到底有多少是出于生活所迫?据多项调研统计,绝大多数是出于追求奢靡生活,她们把自己当成泄欲工具,尊严在哪里呢?

如果说这些是自主行为,是“窃钩者”,那么还有那些“窃宝者”:近几十年来,中国的精英们起劲地糟践本民族的历史、自己的祖国和人民,他们的尊严感在哪里呢?更有那些“窃国者”,他们出卖民族利益,甘做外族的小跟班,他们的尊严感又到哪里去了呢?

我的小女儿欢欢由于她并不介入人类的权力与金钱游戏,所以她反而才会很单纯地维护自己的尊严。

只是欢欢的自尊是不是过头了?也许是吧。

不管怎样,连一只小狗都会这样维护自己的尊严,我们人类是不是更应该检点自己?有了小女儿欢欢维护自己尊严的行为做镜子,我和我的同胞们是不是也应该自省尊严对于人自身的价值与意义!

启迪之二是欢欢的忠实。

关于这个话题似乎不该多说什么了,因为不管是东方社会意识还是西方社会意识,都认为狗的特有品质就是“忠实于主人”,而有关这类感人的故事也早已是家喻户晓。最有名的西方故事就是那个叫“忠犬八公”的义犬,当主人不幸病逝后,八公犬仍每天去火车站接他,风霜雨雪也从不耽搁。

但我这里要说的却是,狗到底是忠实于养它的人(我在这里有意不用“主人”两字,表明我的春秋笔法不承认人是狗的主人一说),还是忠实于养它的人的关系?我以为狗是忠实于这种关系,而并非养它的人。如果是这样,那么在叙事上就不存在“主人”这个身份,狗在一个家庭应是平等的一员。

如果说是忠实于养它的人,那么,在我与欢欢的关系中就意味着欢欢是我的宠物,对我应低眉顺眼,绝不违逆,而我对她则可以根据自己的心情随意呵斥,颐指气使。

但我并不认为自己是欢欢的主人,而认为是她的亲人,这是一种在人格层面平等而亲密的关系。当然,从亲情角色上说,我们是父女关系,按中华文化意识这是不平等的,但正是这种角色上的不平等,才让我有了对欢欢的养育和保护责任。

当然这里有一个关键是,欢欢是不是把我看成她的“主人”呢?我以为答案也是否定的,欢欢并没有把我看成她的“主人”。这可以从欢欢的行为举止中明显地感觉出来。

比如她渴了,碗里的水完了,她会用嘴把碗在地板上推得“当当”响。如果还不加水,她就会朝着我叫,并没有乞求的样子。她要是饿了也是这样,如果给了吃的又想拿走时,她会护食,咬住火腿肠不放,还会从鼻子里发出“哼哼哼”的示威声。

用这些事实证明狗并不是忠实于养它的人,而是忠实于和养它的人的关系,有朋友可能认为漏掉了两个铁证:一个是狗为养它的人看家护院。

对于这一点,动物学家早已研究清楚了,他们认为狗并不是在为养它的人看家护院,而是在守护自己的地盘。这并不唯狗才有,而是许多食肉类动物都有的一种本能，只是狗在与人类相处中进化的结果,是将养它的人的领地认同为自己的领地了。

另一个是狗看见养它的人马上会摇尾巴,更有成语“摇尾乞怜”来贬损性地表述狗是忠实于养它的人的这一现象。

但这一点也有专家已经研究过了,狗的摇尾动作并不仅仅针对养它的人,而是针对所有它想与之交流的对象。比如狗看见同类,它只要高兴也会摇尾巴,原因是狗的屁股后有一种特殊的腺体,这种腺体能散发表示个体身份的特殊气味，摇尾巴正是为了将自己的特有信息,尽快散布到空气中传递过去。

反过来说,狗的夹尾巴动作正是在它感觉有危险时,为了不让信息扩散的一种防卫措施。

还有许多事实证明,狗并不是忠于养它的人,而是忠于和养它的人建立的一种信任友好关系。理解了这一点,我顿悟到狗不仅是人类最亲密的朋友,更像是人类的“启示者”!

人类在对待人与人的关系问题上,几千年的文明史都没有解决好。传统的等级社会奉行的自然是下对上的依附和上对下的役使;现代社会则又跳到了这一状况的反面,结果就成了下对上的反叛,上对下的冷漠。

为什么就不能从狗这位朋友加“启示者”那里学会点什么呢?

关于“启示者”的说法,肯定会有朋友认为太夸张了,但我对此是慎重的,是深思熟虑过了的。我觉得人类要向狗类学习的方面,实在是太多太多了。

比如欢欢的饮食,既很杂,又有个范围。欢欢从来不吃自酒席宴上带回的东西,这一点是很让人感到意外的。

欢欢的这一习性,开始时我和家人谁也没有多想,只是有时陪着客人在外面吃了好的就想到欢欢,大家操着好心,顺便给欢欢带回来一些,谁知欢欢却不领情。

记得第一次带回芳香排骨,欢欢一闻不吃;第二次带回黄焖鸡块,欢欢仍是一闻不吃;第三次带回清蒸鲤鱼,欢欢却连闻都不闻了,干脆绕着走开。

欢欢对带回的宴品是这样的态度,经常让我联想到了食品添加剂与食品安全问题。总之,让人对那些灯红酒绿中的盛餐心存疑虑。使人能联想到的就是,这些东西会不会用地沟油加工,会不会添加了有害健康的作料,等等。

因为狗的嗅觉比人类灵敏几百倍呀!

这种疑虑的结果就是我一般不轻易赴宴,实在没有办法,去了就尽量少吃。也许有的人会"吃一宴饱三天",但我却是"吃完宴还补餐"。

不仅这样,欢欢的杂食和自我限食也很典型。

大家一开始并没有注意,只是老用火腿肠喂她。当家里人吃水果时,欢欢也会跑过来凑热闹。试着给她一点,先是鲜果像西瓜、桃、苹果、梨、石榴等,再就是干果像瓜子、核桃、无花果、腰果等,她都吃得津津有味。

不过,再好的东西,只要欢欢吃够了,让她再多吃一点点都不行。比如西瓜子是欢欢最爱吃的。她对家里人取瓜子筒的动作,对嗑瓜子的声音都特别敏感。只要我们谁一取出瓜子筒,欢欢不知道就从哪里突然冒了出来。

一般我嗑三粒瓜子,两粒放进自己口里,另一粒就得给欢欢。要是嗑三下不给,欢欢就会"汪"一声提示;嗑四下还不给,欢欢就会“汪汪汪”地提出抗议。但她只要吃够了,却会坚决打住。

一次女儿与我抢着给欢欢喂瓜子。我一粒,女儿一粒。轮了一会儿又轮到女儿喂时,欢欢却不吃了。

女儿感觉没了面子,非要欢欢吃下她那一粒瓜子,欢欢就是不吃,还躲进了窝里。女儿把欢欢从窝里揪出来,可她却决不张口,女儿就扶住欢欢的下巴,拨开嘴唇,硬从牙缝间把瓜子塞进了欢欢的口里。谁知欢欢只轻轻地一伸舌尖,瓜子立马被顶了出来,一下子搞得女儿下不了台,她就朝欢欢大喊:“臭欢欢,以后不理你了!”

我赶忙打圆场安慰女儿:“咱们都要从欢欢身上学学这一点呢!欢欢有个够,而我们人却常常没个够。见了好东西就想尽量多占,结果许多人吃出病了,许多贪官倒下了。唉,在这一点上我们许多人还真不如狗啊!”

女儿一听这话,又抱起欢欢亲一亲揉一揉,其乐融融。

其实我虽然是打圆场安慰女儿,但过后一想,欢欢以及所有的狗类还真了不起。上面已经深入地分析过狗的忠实并不是忠实于“主人”,甚至按我的观点分析根本就不存在“主人”这种身份,狗只是忠实于一种人物关系,它们已经将自己融入一个家庭,它们也是这个家庭的一员。

但是,这里却有一个重大问题,就是作为这个家庭中的任何一员,都拥有自己的财产权,也就是说生活是有保证的,万一一个家庭不能保证成员的生活,还有社会,还有国家。

然而,同为一个家庭的狗类成员,它们却没有这个家庭的财产权,即便它们为这个家庭奉献了一生,甚至因为它们的存在而避免了重大灾难,或者创造了巨额财富,它们也没有财产权,也就是它们不私藏哪怕一天的东西,它们的每顿饭食都要靠同一个家庭的其他成员提供。这样,它们的生活就存在着潜在的不可预测的风险。

如此想想,狗类与人类的相处,狗类完全是无私的,又对这个家有着绝对的忠诚度,而它们的生活质量甚至能否生存下去,却完全取决于这个家庭的其他成员,这从天理角度分析,也显然存在着巨大的不公正啊!

再深入分析一下,狗与一个家庭成员的关系,完全与中华文化背景下的中国家庭关系相似,讲忠诚,讲互助,有难共担,有福同享。而西方母文化即宗教文化,因信奉上帝创造万物,因了对上帝的敬畏,也对上帝所造之狗类有相当的尊重,这确实值得我们借鉴。但西方文化中近几百年来的流行文化,无限地夸大人的地位,建立起人的傲慢与偏见,则是需要人类反思的。

中国近百年来打倒自己的民族主流文化,又没有西方的母文化,却不加节制地引进西方的流行文化,使得中国的社会意识越来越粗鄙化野蛮化。虽然在私人空间和个人层面,人与狗仍是一种充满温情的关系,但在公共空间和社会层面,狗却一直是负面形象的代表。在后面的章节中,我将不可避免地会涉及那一大堆问题。

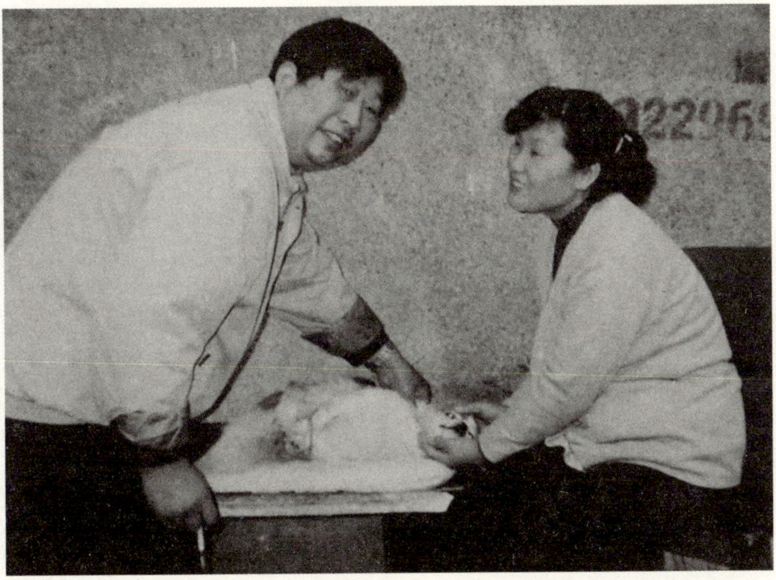

欢欢身体一直健康,偶尔也会感冒。这次因欢欢发烧,由这位老医生诊疗,老医生说,欢欢很有个性,是很少见的那个品类的小狗。为了治疗方便,欢欢就只好受点委屈了。

欢欢悄悄地治好了爸爸的难言之疾，作为医学硕士的爸爸，在发现了养狗“新大陆”后，对小女儿自然更是刮目相看了。瞧这张照片，父女俩享受天伦之乐时有多么的惬意！

第十四章 治 病

提起治病，朋友们马上会想到是给欢欢治病。当然，人吃五谷生百病，狗也不能例外，但要好得多。人可以想着法子胡吃乱喝，胡思乱想，结果人的疾病就越来越复杂，越来越难应付，似乎医学的发展一直跟不上人类疾病的需要。例如西历 2003 年，一场洋名叫“萨斯”的瘟疫莫名其妙地突然袭来，引起全国恐慌，据说就是我们的同胞乱吃野味吃出来的。

狗类则不然，一般情况下，狗只要注射了相关疫苗，像狂犬病和出血性肠炎这样的大病，基本上便免除了，余下的主要就是平时的呼吸道和消化道感染、皮肤病、寄生虫病之类。

说实话，在通过合理的生存方式和良好的生活习惯免除疾病与维护健康这两个方面，人类真的还不如狗类。

欢欢多年来也就感冒发烧过几次，看医生打点滴就好了。最严重的疾病还是以前医生早就预料过的，因欢欢拒婚未孕，果然引发了那种“输卵管积脓症”。

先看给欢欢治感冒。记得有一次到兽医所去，大夫说要打针，为了操作方便，治疗前要捆起欢欢的嘴巴。我和做家务的阿姨抓住欢欢，老医生来捆嘴，他刚一伸手，马上又缩了回去。

老医生转向我："你来捆，这只小狗可不一般，很有个性，它会下口的。"下口就是真的咬人。

我问："您怎么看出来？"

老医生笑着说："看了一辈子狗病都退休了，什么样的情况没见过！其实狗和人一样，也有各种性格，狗还有一些表情，主要是嘴巴鼻子的肌肉动作和眼神，特别是眼神，一般人是看不出来的。"

老医生的判断没错，欢欢遇上陌生人侵入她的地盘，她会真的敢下口的。记得有一次家里的水管坏了，请来的水工修好了水管后准备出门，因为他一手拿扳钳一手拿废管，欢欢以为他拿了家里的东西，冲上去就咬了水工师傅脚腕一口，所幸水工师傅的裤子厚，并未伤及皮肉。

有这样的经验和老医生的提示，我马上把欢欢的嘴捆起来，下面的治疗便顺利进行，欢欢也就很快康复了。

再看欢欢的那个大病。由于欢欢的拒婚，以后便长期未孕，结果还真应了医生的预言，得了在前章中提到的那个"输卵管积脓症"：持续发烧，拒食，下身流污血。

当时我出差在外，是夫人和女儿操心送欢欢到兽医院里确诊，并做了"输卵管切除术"，又是夫人和女儿通宵轮流守护，精心地术后护理。等我回家，欢欢已痊愈如初了，只是在肚皮上留下了一条几公分长的手术刀痕。

这里要说的是欢欢给人治病，具体说就是给我这个自认的她的好爸爸治病，而且还真治好了我的难言之疾的真实故事。

中国的改革开放有一个重要的历史节点，就是"春天的故事"。

这个“故事”发生后，全国各行各业都行动起来，掀起了“浩浩春潮”，实质上是滚滚商潮。

受这股大潮的刺激，高校哪能自甘于“清水衙门”呢，我们教研室也准备行动起来，大家推举我带领大伙搞开发，实际就是搞“创收”。

我按照本教研室的专业特点，组织大家把全省县级医院的病理诊断业务揽了过来。这既能“创收”，又没有偏离专业，还能提高青年教师的业务水平。

搞了几年，大家收获不小。此后正碰上了学校住房改革，住学校的房第一次要收费，尽管收费不多，每套房根据面积大小也就一万到两万元，但仅凭工资却是无能为力的。学校为此发布了公告，公告说第一榜公布后一周内谁不缴费，第二榜就去掉。

一到两万元的缴费在“改开”初期，那也是一笔不小的款额。让许多人意外的是，本来是“清水衙门”的我们教研室，却成为全校少数几个第二榜没有剔掉职工的部门，由此还在校内引起了不小的轰动。

但我却因为兼顾本职工作和开发业务，太忙太累而得了一种难以向人启齿的肠道病——慢性非特异性结肠炎。

这种疾病的病因虽然没有最后明了，但应该与精神长期紧张，引起肠道迷走神经和交感神经功能紊乱有关。

这里先介绍一个医学知识：人体内脏由迷走和交感两种神经控制，比如夜晚人睡眠时迷走神经兴奋，胃肠道血管扩张，血流充裕，消化功能增强；白天人运动时，交感神经兴奋，内脏血管收缩，血流减少，血液主要供应躯体。如果晚上白天两种神经兴奋时间错乱了，自然会引起一系列疾病。慢性非特异性结肠炎大概就是由此而引起。

得了这种病倒也不怎么痛苦，只是比较烦恼，有时也会很尴尬，主要是白天解大手的次数增多。正常人一天一次，有的两天一次。得了这种病后一天两到三次，而且都是大白天清醒时，晚上睡觉反而平安无事。

这就比较麻烦，比如正在讲课时来了内急，那就得硬憋着，如此，注意力分散，课就不能讲好了。又比如正在接待客人，忽然不对劲，不走难受，走了失礼。如此看来，此病虽不是什么大恙，但仅仅出现这些状况，也就得认真治疗了。

先到自己所在的大学附属医院，检查确诊，西药中药一齐上，老老实实遵嘱，认认真真服药。结果令人遗憾，折腾几个月，无效！

又到军大附属医院，检查复诊，药物理疗同时用，辛辛苦苦跑路，热热切切期盼，结果仍是遗憾，又折腾几个月，还是无效！

后来就看民间中医，找地摊草医，弄来偏方、验方，挨个试过去，一折腾又是几个月，仍然无效！

还不甘心，便想到了一种中医治病的观点，叫“以毒攻毒”，具体就是，现在不是解手次数多吗？干脆服泻药，直接拉肚子，看看怎么样！

打好主意，回去先给夫人讲了，夫人表示怀疑，但也没有阻拦，反而让人到药店买来了最常用的中药泻药番泻叶，熬了早晚各让我服一次，后来也不用熬，直接泡茶喝就行了。

还是咱们的中医神奇啊！在连续喝了一周番泻叶，也拉了一周肚子后，第二周停喝两天，原来的毛病居然好了，这让我着实高兴了一阵子。

然而，事情并不那么容易，过了几周，那个老毛病又犯了。不过，我觉得这种办法还是有效，心想，如果再重复一次，说不定就有结果了。

可是,事不遂愿,重复治疗了一个周期,效果仍然只维持了几周。

就这么一点毛病,居然折腾了一年多的时间,这让自己非常恼火,心想,干脆不治了又能怎样?!

此后我也不再管它,当然,如有重要讲课、开会或者会友,先提前做好准备,再进教室,或到现场。

如此这般,带个不大不小的毛病生活,虽出无奈,多有烦恼,时间久了也就习惯了。此后,我的科技开发工作渐渐做大,在校外成立了研究所,工作比过去更加繁忙,同时也有了更大的压力。

就在这个时候,欢欢来到我们这个家,一直陪伴在我的身边。围绕着欢欢又不断发生着有趣的故事,而我也把欢欢当成了娇娇女,尽管我还带着那个毛病,生活还是比过去有了许多的乐趣。

如此这般过了多半年。一天,夫人突然问我:"你那个'大白天上厕病'怎么好了?什么时候好的?""慢性非特异性结肠炎"这个专业术语实在绕口,夫人就换成了她自己的叫法。

夫人这么一问,一下子提醒了我,连我自己都很吃惊,我就是正常了啊!可我却完全没有注意到这一点,当然也就不可能注意什么时候正常的!

我说:"正常了,今天你要不提,我还真把这事忘了,什么时候好的,说不上来呀!"

夫人说:"你这个人就是有时候太认真,有时候又太粗心,注意力一集中到这方面,那方面便不管了。不知道啥时好的,也许是因为慢慢好的,没确切日子,但好的原因咱得找找,万一又犯了便好办啊!"

夫人说得有理,我们就仔细回忆这半年来的相关情况,首先是用过什么药,反正那些治疗结肠炎的药没有再用,只用过一些感冒药。再回忆半年来常吃什么饭,常吃什么水果,仍然没有特别的发现。再就是生活习惯,比如睡眠锻炼,这一回忆反而发现这些比过去还少了。

经过搜肠刮肚地寻找，终是一无所获。夫人一看没什么结果，就说:算了算了,反正以后还是要多注意多留心。

这件事本来到此已经结束，想不到几年后的一次阅读活动,却让我这个医学硕士大开了眼界，也让我对狗与人类的关系有了一个全新的认识。

那是一个我已在外创业多年后的春天,我返回医科大学图书馆期刊阅览室,查阅关于"牛初乳"的医学研究进展。因为人初乳能保证新生儿半岁前不拉肚子不感冒,哺乳类动物都是这样,这虽然很神奇,但已经研究清楚了,是因为哺乳类动物的初乳,也就是前三个月的乳汁中,含有丰富的抗病免疫因子。我所要查的就是"牛初乳"应用方面的进展。

医科大学图书馆,有相当长一段时间我可能是其中阅读时间最长的读者之一。所以对那里再熟悉不过了。

举个经典例子,给我介绍对象的月老,本来不认识我,红娘给了他我的照片,让他到医科大学图书馆期刊阅览室找。他一来就十分准确地找到了我这个"准对象",把我暗暗观察了半天,才认真地把一位优秀女子变成了我的夫人。

这次我一进图书馆期刊阅览室,扫荡式地把相关杂志全从期刊架上取下,找一个阅读桌,仔细查阅起来。翻到一篇有用资料就夹个纸条,便于一会儿复印。两个小时过去了,收获很大,现状是"牛初乳"国内研究很少,药用食用都没有。结论是如果开发成功,功莫大焉!

好了,收拾杂志复印去吧。这时,却发现一本杂志上夹的纸条露头太少快看不见了,就拿出那本杂志,想翻到那篇文章的页面把纸条抽出来一点。一翻未到，再翻未到，三翻还未到，却有一行标题赫然在目：《养犬医治人类疾病研究》。

出于好奇，我又重新坐下，粗略地拜读这篇论文。论文原文是以英文发表在国外的一本正规医学期刊上，现在只摘要译成中文刊出。

论文大意是说人类养狗从社会学、经济学、心理学方面研究得很多，但从临床医学角度研究得还很不够。一个民间医师协会机构认为应该在这方面加强，他们就组织了上百人的团队，分成几十个研究小组，每个小组负责一个专题，进入家庭、医院、养老院等，去研究养狗对人体各种疾病的影响。经过短则半年长则两年的观察对比分析，目前已经发现，养狗对第一批所选的疾病大多有明确的医疗效果。

论文对养狗与治疗高血压的研究方法进行了具体介绍，即将养狗并患老年性高血压的一百名男性病人分别收入住院，其中五十名不让带狗，另五十名带狗到病房与老人同住，医院给两组不同病人用同样比较缓和的降压药，结果发现，带狗组第二天血压即下降，不带狗组第三天到第四天才下降。带狗组血压下降幅度也明显大于不带狗组，持续用药一段时间后停药，不带狗组第三天血压即反弹上去，带狗组一周后才开始反弹。两组反弹幅度也有显著性差异，带狗组反弹幅度明显小于不带狗组。

结论是：养狗虽然没有避免这两组老年人患高血压病，但对用药物治疗却有显著的协同作用。

论文公布了第一批有明确医疗效果的疾病，包括高血压、高血脂、冠心病、老年性痴呆、糖尿病、忧郁症、焦虑症、神经衰弱、失眠症、消化不良、慢性胃炎、胃和十二指肠溃疡，等等。接下来，我的眼前突然一亮，居然是我的那个毛病——慢性非特异性结肠炎，而且还注明养狗对于此病,不用其他药物也有确定疗效。

后面还有:溃疡性结肠炎、习惯性便秘、神经性皮炎、妇女的内分泌功能紊乱、月经不调、激素紊乱性不孕症、更年期综合征等几十个病症。

论文结论说,对于这些病症,养狗有的是协同治疗作用,有的是单纯养狗就有效果。虽然他们的研究还在继续进行中,但初步结论已经出来,养狗对于人类的一些最常见疾病可以预防,或者对治疗有协同作用,或者能直接治疗疾病。

论文还分析了养狗治病防病的原理:由于狗的灵性与忠诚,与养狗者形成一种十分温情和谐的生活氛围,这样的氛围能够调节人的神经功能,使大脑皮层的兴奋与抑制处于平衡状态,皮层下中枢神经的功能趋于良性稳定,这就使得神经-内分泌、神经-免疫两大体系处于健康运行状态,与这两大体系相关联的疾病自然就得到了医治或者预防。

论文最后还提出了一项更具创意的设想,据观察,养狗还可以减少人类一些肿瘤的发生,由此,进一步的设想是可以考虑用狗训练后,像搜寻毒品那样在人体搜寻早期的肿瘤。因为狗的嗅觉是极度灵敏的。

终于揭开了我的毛病不治自愈的秘密,竟然是欢欢立下的大功!

我把这些资料统统复印后,走出图书馆,带着一点兴奋回家。

欢欢一如既往在门口迎接我,我顺手把欢欢抱起来举到眼前,一个劲地望着她,好像发现了神秘的宝物,虽然沉默不语,心里却充满着甜蜜的爱意。

夫人见我动作有点反常,问:“那样看欢欢,不认识了?想看出什么神气来?”

我说:“不是神气是神奇,还真有神奇的事情,早已发生在我们这个家,咱们却稀里糊涂不知道呢!"

夫人好奇地问:"别神秘兮兮的,啥事?"

"终于搞清我那病痊愈的原因了。"我答。

夫人又问:"是什么?"

"是欢欢!"我自豪地说。

夫人一听:"啥,开玩笑吧?"

我说:"不敢相信吧,看看这个!"随即从包里抽出那份复印资料递给夫人。

夫人一眼就看见了我用钢笔划出的那一行字,马上响应:"应该是,应该是,你的生活就那么简单,多少年什么都不变,那半年的变化只是添了欢欢!"

这就清楚了,欢欢治好了我那个明显的病,说不定还在预防着我们这个家庭成员的其他不明显的疾病呢!

推而广之,满天下的家庭,千千万万的男人和女人,老人与小孩,不都是这样在不知情的状况下,接受着自己所养的爱犬的暗暗护卫吗?!

那么人类,不,暂不说人类,只说中国吧,国人是不是该反思一下与狗有关的社会观念问题?是不是该形成全社会善待狗的风气?

当然了,读到这本书的朋友,也许会试养一只狗对自己的身心健康先发挥一点作用,果真这样,就算是我对朋友们的一点点友情提示与健康奉献吧!

欢欢来到这个和乐的四口之家，与亲人建立起深厚的感情。爸爸和小女儿欢欢对视，父女俩深情地看着对方，一切尽在不言中。

就在这辆车上，欢欢演绎了一段感人至深的合家团圆故事。对欢欢来说，这个小家也有她的一份，她要永远守护着这个家的团圆，这个小家的成员只要有一小会儿分离，都会引起她的不安，所以，欢欢不仅是爸爸事业的吉祥物，也是这个小家庭的黏合物。

第十五章 深 情

前文已经交代过，欢欢因为超常的灵性而把我们一家三口分成了一号、二号、三号人等。

这难免让人形成两种认识，一种是把欢欢当成纯粹的宠物，如此，大概都会认为欢欢的确格外聪明，而且感情异常细腻。另一种则是把欢欢看成人，这就让人失望了，甚至让那些本身对狗存有偏见的朋友找到口实：看看，这不就是“狗眼看人低”吗？

人类确实是会趋炎附势，是会拉帮结派，也就是很会“势利眼”，那么，欢欢把我们分成“三六九等”，是不是也带着人类的那些先天劣根性呢？

我可以很慎重地说，欢欢完全不是这样！如果是，如果她像我们人类那样，我们这个家的一号人物就一定非我莫属了。一是从家里大事的主要责任来看是这样，二是从我首先带回了欢欢来看也是这样，所以无论怎样，欢欢理应与我最近。

然而，欢欢却没有这样，她并没有因为我的权责较大，就附势于我,也没有因为是我先收养了她,她就偏心于我!

每每观察出欢欢的这一品性，即便欢欢没有把我看成一号人物,我也毫无怨念,而且总会对这个小女儿感佩有加,刮目相看,因为我将她与我们人类作了比较后，深刻地理解了她。理解了她之后,就感佩于她体量虽小,但那骨气、志气、正气却丝毫不小!

欢欢在我的心中早已是小女儿。这在开始时,主要还是从情感上说的,到了后来,到了今天,在经历了与欢欢长期相处后,我已经在理性层面把她认成了我的小女儿。我的理性强烈地告诉自己,欢欢就是人,至少也应该是人的童年期。

我的这种认识,是从对欢欢的细致观察中得来的。后来在我有意查阅有关动物行为学、心理学这样的书籍时,才知道许多动物学家早就下过这样的定论——狗的心智可以达到三岁孩童的水平。

当然这是从综合判断来说的。如果就某一单项来看,有些方面狗可能达不到三岁孩童的水平，有些方面却可能已经达到了成年人的水平。

这就清楚了,欢欢不但是人,而且还是处于人类最具真善美品性的童年期。对人来说,恰恰在这一时期,其心性还没有受到社会生活的污染,所以,显现出来的大多是真善美的一面。

这就清楚了,欢欢用她那真善美的品性既证实了人的一生也曾经有过这么一个真善美的阶段，又启示我们人类应当永远记着这个阶段,从对这个阶段的回味中体验生活的真善美,在内心留住对真善美的向往与自信走向未来。

这其实是有每个人的经验依据的,人在进入成年甚至到了老年后,感受到的生活滋味基本是苦涩的,而每当回味童年期时,几乎每一个人的记忆都有极多甜蜜的成分。哪怕是在童年期社会动荡,生活困顿,而成年期社会稳定,生活富足的情况下,都会是这样。

这是由人的成长所造成。

人的成长中,社会的、生活的假恶丑不断污染侵蚀原本真善美的心性,使人的真善美心性递减,也就造成了人的幸福感的递减。

这就冒出一个重大问题:如果因为人的成长而使人的幸福感递减了,由甜蜜变苦涩了,那么人的成长还有什么正面意义呢? 须知,人的生命的意义全在于追求幸福啊!

但是,人的成长是不可避免的,那么人的真善美心性的丢失也是不可避免的吗? 进一步,由于真善美心性的丢失而使人的幸福感递减也是无可奈何的吗? 这还真是一个人生与社会的大问题啊!

不管人类的情况怎么样,由欢欢所代表的狗类,它们却只成长到了人类的童年期,也就是说它们的一生始终保持着一种真善美的心性。那么可不可以这样说,狗类的一生恰恰因停留在童年期而始终保持着幸福感呢? 这难道不值得人类深思、自省吗?

当然,人从自我中心的傲慢与偏见出发,必然会认为由童蒙期的真善美带来的幸福感是低级的,而由成年期的假恶丑造成的痛苦是高级的。问题是,再高级的痛苦仍然是痛苦,再低级的幸福总也是幸福啊!

以上的叙述也许太哲理化了,偏离了文学,还是马上打住,继续讲我们的欢欢的故事吧。

事实上,欢欢并不只会把人分成"三六九等",更重要的是她还有另一个让人感动的品性,这品性的重要性显然超过了其他的品性。那就是,欢欢在成为我们这个家的成员后,她也就逐渐成了这个家的黏合物,成了这个家一股不大不小的团结建设力量,也就是,她始终把我们全家当成一个不可分离的整体。

于是乎,有关欢欢的更多趣事马上涌泉般浮现在眼前。

有一次,我和夫人带着两个女儿开车出行,走到半路上时,夫人看见了一位熟人，出于一贯的热情与喜交往，夫人停下车，说她过去拉几句话，让我和两个女儿在车里等着。小女儿见妈妈要下车，就想跟着下去，却被姐姐挡住。

女儿把欢欢抱过来放在车厢地板上，欢欢立即跳上座椅，趴在玻璃后朝着妈妈走去的方向张望。夫人站在远处与她的那位熟人说话，欢欢就一直趴在那里看着远处妈妈的身影，目不转睛，一动不动。

过了一会儿，又有一位不知是她们两位谁的熟人路过这里，也掺和了进去，这下子说话的时间可就长了。女儿怕欢欢站久了腿困，就把她拖到了座椅上，让她卧下，但女儿一丢手，欢欢立即又跑到车窗后，仍然踮起脚尖，趴在玻璃后注视着她的妈妈。

我劝女儿说："算了算了，她自己又不觉得累，咱们可操了多余的心。真是拖不下来的深情！"

话音刚落，欢欢却"呜呜呜"地叫了起来。我一看，原来一辆拉货车开过来，停在了夫人与我们的车之间，整个挡住了欢欢的视线，欢欢看不见她的妈妈了。

女儿赶忙抚摸欢欢，想让她安静一下，但欢欢却叫得更响了。后来就蹲在座位上回过头朝我叫，那意思显然是想让我帮她解决眼前的问题。

我心想看不见就看不见呗，不过芝麻大点事，而且也是一会会儿嘛！便坐着没反应。欢欢一看这情景，在座椅上跑了几个来回，然后就跳下去狠劲抓车门。她这一招挺绝的，我们都怕她把门边抓出划迹，女儿便抱起了她，谁知欢欢却扭摆着身子挣扎着不让抱。

欢欢这么一闹腾，小事也大事了。我只好管一下，就对女儿说："到你妈那儿把车钥匙要来，我挪一下车。"

女儿把欢欢给我，她开了车门走了出去。不承想，欢欢一见姐姐也离开了，简直烦躁起来，在我怀里挣扎着，大声“汪汪汪”地叫开了。一时间惹得我也跟着烦躁起来，开始在心里埋怨起了夫人：真是“三个女人一台戏”，没完没了啊！

无名之火正在淤积，忽然欢欢又安静了。她又目不转睛地盯着远处夫人那里，原来那辆碍眼的货车又开走了，欢欢又能看见远处的妈妈和姐姐了。

我的火气还没有成形，就一下子泄光，并且被欢欢这一状态深深地打动。心想，从这么小的事情上表现了怎样的一种深情呢？看她那烦躁是多么的焦急，看她那凝望又是多么的专注！

过了一会儿，夫人和女儿都回来了。欢欢在车厢里马上撒起了欢，先在夫人座位边趴一趴，又在女儿座位边趴一趴，“哼哼唧唧”跑来跑去，一副非常欢快的样子。

我对夫人讲了刚才欢欢在车内的表现，夫人却认为我夸张了，为了验证这一点，也让她看看欢欢的那种深情表现，夫人建议我下车一试。

女儿反对说：“别再折腾欢欢了好不好，我证明爸爸说得对，欢欢就是那样的！”

但夫人非要我下车试试。我猜想夫人不光是想看看欢欢的表现，而且还想比较一下欢欢对我的反应程度吧，夫人经常有这样的小心机！

我思忖着：试就试，凭我对欢欢的爱，她还能没有深情的反应吗？

想到这里，我也不顾大女儿的反对，下车快步走到远处，在一辆汽车背后躲了起来。

只大约几分钟的光景，女儿却干脆抱着欢欢追过来了。

不等我问怎么样，女儿就以责怪的口气说：“欢欢疯了！”

我赶忙接过欢欢抱在怀里，欢欢又是蹭小脑袋又是喷鼻子。

我和女儿回到车里，夫人说："看把欢欢急成那个样子，你没有白疼一场！"

我笑着自我解嘲："我这个老爸今天和你在女儿跟前争宠呢！"

女儿说："争就争，本来欢欢就特别爱护我们这个家嘛！"

女儿说得对，欢欢虽然有时会将我们按三六九等排序，但她却始终把我们这个家看成一个整体！而且这是一个前提，这是一条底线！她用她的实际行动始终在维护着这个家的整体！守护着这条底线！

类似这样的情景，只要带着欢欢出门，只要我们一个人离开，哪怕是一会儿，必定会让欢欢特别地着急，也必定让欢欢重现一次离情别绪。欢欢已经深刻地牢固地对我们这个家形成了一个整体性的认知，在她看来只要这个家稍微有一丁点不完整的情况出现，她就不能容忍，就不可接受，就特别地烦躁，就格外地着急。

家庭的出现是人类文明开化的一个最重要标志。家庭是社会的细胞，是人生旅程的港湾，也是人类繁衍的源泉，更是人类社会生活的最基础单元。

但是，很不幸，现代化对这个标志、细胞、港湾、源泉和单元发起了霸道而蛮横的挑战！

在西方，有希腊诸神乱伦的传统，还有一位大神"我要拆散世界上一切家庭"的咒语，有文艺复兴启蒙运动以来个性至上的高扬，所以，他们都要将家庭踩在脚下是自然的，这是他们的文化选择，但我们中国人呢？

近百年来我们国人同胞的家庭也受到了放肆的伤害和严重的冲击，从二十世纪初叶开始，许许多多的所谓的精英人物，无视中华民族的传统，不顾中华民族为人类保存了另一种生存方式，而欲像西方社会那样让家庭解体。

近几十年来,现代化的浪潮正在摧打着我们的每一个家庭。晚辈对长辈的孝道早已被批为“封建糟粕”而遭唾弃,晚辈对长辈的反叛却被认为是“现代意识”而得到张扬,那么以爱的名义组建的小家庭呢,相当多的也陷入了冷战热对,或者分崩离析的状态!据有关统计,我国每年结婚一千多万对中,不几年就有一百多万对走向离婚。

这些都是全盘西化的结果，都是人为制造出来的生活方式、生存范式影响的结果。那么非人为的天然的认知家庭重要性的生活方式从哪里着眼？或者说以什么为参照系呢？

以我的小女儿欢欢及她所代表的狗类对家庭生活的忠诚守护为参照系吧!

从欢欢们的表现中，人类应首先冷静下来思考这样的问题:为什么狗对家庭生活这么看重？也许这对人类的生存与繁衍是极其重要的启示,也就是家庭生活可能对于人类是极其重要的的生活,因为狗类没有人类出于私心的偏见，而狗类又是唯一伴着人类文明开化一路走来的灵性动物。

我想,这样的思考应该是有相当的道理的吧!

欢欢来家时间不长，便掌握了这个小家庭的生活规律：周末必带大女儿出游。于是欢欢就软缠硬磨，全家便带着欢欢一起出去。这一次穿过某个景点的“鷂子翻身”险道，跑在前面的欢欢不时回身等着爸爸，看看爸爸是否安全，是否跟上来。

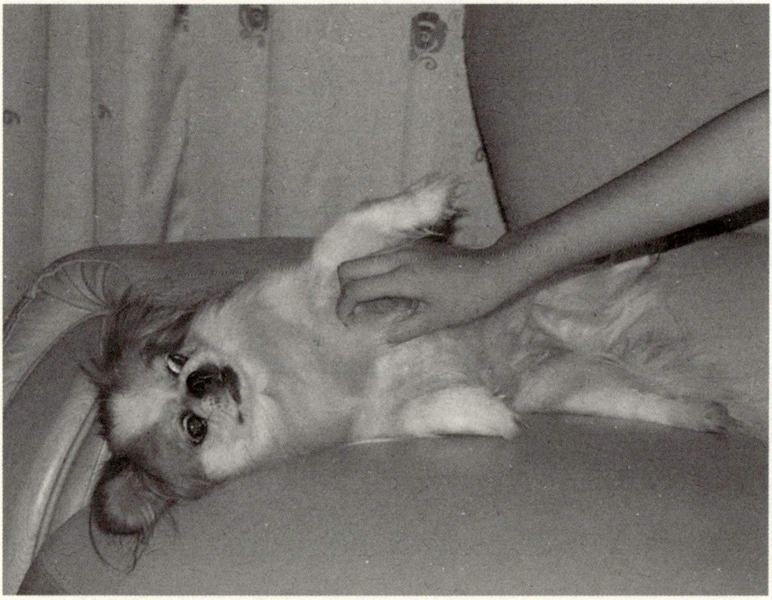

欢欢最惬意的事就是仰躺着让人挠肚皮，难道肚皮痒吗？非也。欢欢如此，一是让亲人们表达爱意，她也肯定舒服；二是肚皮是她身体最薄弱的地方，把这里显露出来，便是对亲人的充分信任！

第十六章 历 劫

中国的“改革开放”三十多年，现在大家都在谈论经济成就的辉煌，而我认为社会管理方面文明程度的变化，似乎更值得关注。也许，陷于利益博弈的强拆仍表现了社会管理的粗陋野蛮，但在没有利益驱动的公益事业管理方面，还是文明了许多的。

别的不说，只看政府对养狗的态度就能感受到这一点。“改革开放”后相当长的一段时间，全国的地方政府基本上都禁止养狗，古城也不例外。

不过，人与狗的密切关系并不是政府的威权能够轻易消弭了的，而且“改革开放”的环境氛围就是放松管制，所以市民养狗的风气非但没有被阻止，反而快速地膨胀着，结果很快就形成了本市城区内外的几个很大的宠物市场——简称“狗市”。

但从政府的角度看，市民养狗是非法的，那狗市自然也是非法的，在狗市交易当然仍是非法的。非法的就有可能被“严打”（“改开”初期是经常进行“严打”的，所以这个词比较流行）。很不幸，我就亲自遭遇,亲眼看见了一次对“狗市”的严厉打击,不,确切地说,应当是一次惨烈的打击。

我因医学研究课题的需要,须经常到古城的几个狗市跑跑,买一些狗供实验用。

一个周日的上午,我带着女儿,女儿抱着欢欢,我们一起到古城东郊经二路的狗市逛街。

狗市上除过买卖狗的人,还有逛狗市的游客,另更有第三类人,这类人虽然为数不多,却是狗市最稳定的存在,甚至可以说是狗市活的灵魂,他们就是一些买卖中介人,正规名称叫“经纪”,不过这里的“经纪”并不是只动口把甲方卖的狗说给乙方让买,而是自己参与进来,直接从甲方手中买下再转手卖给乙方,这样的人俗称“狗贩子”。

买卖狗的人、逛狗市的人都是流水式的一次性交往,而像我这样因工作需要经常跑狗市的人,就很容易认识一些同样稳定的“狗贩子”。

这不,今天在狗市早已认识的那位“狗贩子”朋友早已经来了,他身后的树上还拴着三条壮硕的大狗。

说起与这位马路朋友的相识,还有一段故事。

几年前,有一次我到狗市想买一条实验用狗,去得有点晚了,狗市已经散摊,大街上空空荡荡。往远处看,那头街边还有一个人牵着一条狗。

我心想,今天这狗肯定便宜不了。正要过去,那人看见我朝他张望,就牵着狗走了过来,走到跟前,问我要不要买狗。我仔细一瞧,眼前的这条狗有点瘦。

我正犹豫着,这位客人却说:“兄弟,您要看狗,把它带走算了,不要钱了。”

一听这话我心里就犯起嘀咕：到底是这狗有病还是这人有病？好好的能白送人？

我用怀疑的目光上下打量着他和他的狗。

他一看我这态度，赶忙解说，自己在做贩狗的生意，今天买进的狗没有出手，家里地方太小，人都挤着住，根本带不回去。

听了这一番话我才明白怎么回事，就对他说："行啊，这条狗我要了，但要付钱的。"

他听了连声说："我说不要就不要，您也不必多想，拉走算了。"

我坚决地说："那怎么行，我要白拿了人家东西，心里会一直惦记着的！"

这位狗中介有点感动，就说："那好吧，今天这狗本来就买得便宜，您就给个原价吧！"

成交后他感觉与我很投缘，就讲了自己怎么当了狗中介的经历。我也觉着这位中介完全不像通常的"狗贩子"那么"油滑"，就顺便听听他的故事。

这位朋友长我近十岁，东北人。当年为了支援西北的军工企业，大学毕业后抱着满腔激情来到古城，在东郊一家军工厂担任工程师。

工作了近二十年后，不幸的是军工企业在"改开"的大潮中，下马的下马，转产的转产，他们厂这几年尤其不景气，工厂停产，工资拖欠。

厂里渐陷萧条，厂外却异常热闹。他天天路过的街道不知从哪一天开始，居然成了繁华的狗市。

俗话说，常在河边走，哪能不湿鞋。从狗市路过多了，这位朋友无意中发现，同样的狗卖价差别很大，同一条狗的吆喝价变化也很大。

这位朋友深入了解这种现象的背后，才知道了其中的原因：一般能卖狗的人总是因为各种原因不再养了，所以一来狗市总想着卖掉，价格就没有定数；而买狗的人只要看上了狗就想买，价格也没有定数，这样，中介的空间可就大了。

掌握了这个情况后，他就想试一下水。为了这个他与爱人商量想要出点本钱。谁知，不仅钱没有要出，还遭到了爱人的一顿数落。爱人说：你一个堂堂的工程师却要当“狗贩子”，你不怕丢人我还有脸！

然而，生活的窘迫、利益的诱惑还是让他决心试水。这天，他向几位朋友借了十五元，在早市买了一条狗，站在街边等着转手出去。

真没想到，过了不大会儿就有人过来问价。他一介书生，又是第一次做买卖，很不好意思谈钱论价，就问对方给多少。对方一开口就报了二十元，他吃了一惊，心想还不到一个小时就能赚五元，而当时他的月薪才五十多元，还经常发不到手。他也不再说什么，赶忙将狗绳交了过去成交。

就这样，这位军工企业的工程师当起了“狗贩子”。

干多了，他也会讨价还价了，这时就能多赚一些。当然也有赔的时候。自然整体来看还是赚多赔少。

他讲了过去的故事后，接着说：“这一次赔着卖不出去，白送也送不出去还是头一回。刚才狗市散了，我牵着狗真不知怎么办才好，家里住的是单位的老式楼，才几十平方米，还与邻居共用厕所，根本不可能带回去养。我想反正今天是便宜买的，白送人算了。您来之前我刚试着问了几个过路的，人家一听白送一条狗，斜我一眼低声说‘神经病’，转过身就走了。您看看，我今天这德行，白送还挨骂。兄弟，多亏您来呢！”

此后,我们便成了忘年友,我经常托他预先收几条狗。那时他家里没有电话,更谈不上现在的手机,当时已经很流行的 BP 机他也舍不得买,只能相约在狗市见面。

今天,这位工程师朋友见我来了,忙让看他已经到手的几条狗。他说,这三条狗都是按我的要求收的,一是价格便宜,二是身体健壮,但体形欠佳,我要不来他怕出不了手。

当然,自那次送狗遭困后,他在郊区找了一家农户,如果当天的狗卖不出去,他就将其牵到那里养着,等下一个狗市逢集时再牵出来卖,这样就从容多了。

显然,这位朋友最近生意不错,心情很好,和我聊起了他贩狗的许多趣事。他说他现在对狗已经有了很深的感情,所以,今后不想再给我供狗了。

我问:“怎么回事?”

他说:“你们拿狗做实验嘛!”

我听了赶忙解释:“我们只是给狗喂点药,这药本身就是给人用的。喂完药测一些生理指标,狗吃得好,养得好,是享福呢!”

他听了后才说:“这还可以。”

这时,他忽然发现了女儿怀里的欢欢,就问卖不卖。

不等我答,女儿抢着说:“不卖!”

这位朋友又问:“好价钱卖不卖?”

“不卖不卖!”女儿有点不高兴了,侧过脸说,“爸,我带欢欢到那边去了。”一转身就走了。

我对这位朋友说:“您可惹了我这位公主了,她和欢欢感情很深!”

朋友却并不尴尬,反而很高兴地说:“兄弟,我现在已经是‘狗道主义者’了。谁爱狗我就喜欢谁,我感觉凡爱狗的人都是好人。您有个好女儿!”

我们就这么接着又谈起了关于狗的许多其他话题。比如狗的嗅觉是人的几百倍问题，狗的智商相当于人几岁的问题，等等。

我们俩正谈得热乎，突然，市场北边骚动起来，有人提着狗笼子，有人牵着狗绳疾速地往南奔跑；有人则干脆放开狗绳喊着驱打着让狗快跑；许多狗就拖着狗绳离开主人在人群中蹿过，市场顿时大乱。

街市南段的人正莫名其妙，北边却响起了“叭叭叭”震耳的爆响。我一听这声音好像是枪响，忙问奔逃者怎么回事，有好心人边跑边说：“公安打狗来了！”

我和朋友一下子都愣在了那里，有点不知所措。又有好心人喊：“还不快解狗绳！”

这下才提醒了朋友，他赶忙冲到树旁去解狗绳。谁知刚才几条狗来回转圈，三条绳缠在了一起，朋友就解得很费劲，由于绳端绞着，我也一点帮不上忙。

就在朋友刚把绳索解开之际，一群穿便衣的年轻人冲了过来，手里还真握着那种在电视里经常见到的叫“六四式”的手枪，也不说一句话便围住了朋友的狗，接着就“叭叭叭”三声枪响，立时蓝烟弥漫，三条狗同时悲鸣着栽倒，身子和腿来回扭动着，殷红的鲜血从胸口汩汩地涌流而出。

由于开枪就发生在我的眼皮底下，枪声震得我耳膜嗡嗡作响，马上就听不见了别的声音。我看见这三支枪收起时，枪口还在冒着蓝色的烟雾。

紧接着这些人并不将枪插入枪袋，直接提着又向南冲去。又是几阵“叭叭叭”的枪响过后，狗市由混乱转入死一般的沉寂。街边已空无一人，眼前只有这位朋友，他已经全部解开了狗绳，但就差那么几秒钟而没有让狗逃离。他手里提着狗绳，看着地上的惨象，长时间地呆在了那里。我的脑子也陷于一片空白，陪着他呆站着。

突然，一阵撕心裂肺的哭喊声从狗市南边传来："我的欢欢呀，你死得好惨啊！"

我心里一惊，怎么是欢欢？忙循声望去，原来是一位白发苍苍的老婆婆坐在地上，边哭边抚摸着一只已经浸泡在血泊里的小狗。原来这只小狗的名字也叫"欢欢"！

这时，不知怎么回事，一直自认为是顶级良民的我，一股无名之火在胸中顿时燃起，由对这群公安的气愤迅速转到了对当地政府的愤怒上，不光是打死了一些狗，侵犯了公民的财物权，关键是这种突然袭击式的、把杀狗当成踩死蚂蚁一样的滥杀行为。

当天中午我回到家，却怎么也记不起我是如何与那位工程师朋友分的手，又是怎样回的家。

回到家虽然见我的两个女儿好好的，但我却没有一点心情询问女儿是怎样抱着欢欢逃离现场的。女儿也似乎懂得我的心境，只字不提她的历险与逃亡。我所祈祷的是两个女儿都不要看见那天的血腥场面。因为她们还是那样的年少，那样的单纯！

就这么一连多天，家庭气氛比较沉闷。

从经历这件事后，我似乎变得沉默了，眼前经常浮现出那血淋淋的场面。

作为一个知识分子，接下来能做的就是思考政府权力与民生的关系问题，进一步就是社会文化与流行意识问题。"狗文化"则一直是我思考的一个重点。由此我的思想也似乎深刻了许多，而对小女欢欢，感情之上明显又多了一层保护的责任意识。

这件事虽然已经过去了多年，但我对当地政府这种惨烈的杀戮行为始终不能原谅。虽然政府当年对狗的"严打"据说是为了预防狂犬病，但这根本说服不了稍有常识的平头百姓，更不用说我这个医学硕士了。

狂犬病是严重的,但却是完全能够预防的。过去只几元钱,现在才十几元钱一支的狂犬疫苗给狗一打就行。而且得狂犬病的大都是流浪狗,凡城里人家养的宠物狗,谁不知道要早早打狂犬疫苗呢?

再说了,狗为什么会流浪,还不是人的责任吗?

人遗弃了狗,家狗变成了野狗。野狗们在流浪中为了争食,互咬而传染了狂犬病,现在又被人民政府来“严打”,不但“严打”野狗,连明明有主人的家狗也“格杀勿论”。我认为这应当作为一件政府丑闻永远被记在历史的耻辱簿上。

当然,政府后来对市民养狗的态度也已经大变,由禁养到限养,由将五千元的天价登记费降到了五百元,又降到了二百元。但我以为,重要的是政府应当表明个态度,应当为那些残杀行为道歉!

不过,我的这个愿望大概永远也实现不了。倒不是因为多年过去,政府的人事如流水,现在的文明政府已经把当年有关政府粗劣行为的记录压在了历史档案的故纸堆里,而是狗在我们这里的际遇,实在是有着更深层次,也更重大的社会流行意识这个背景问题!

大女儿长大了，要出远门了，小女儿还是那么秀气。爸爸带着小女儿送别大女儿，大女儿指着妹妹说：爸爸，今后几年我不能照顾欢欢了！

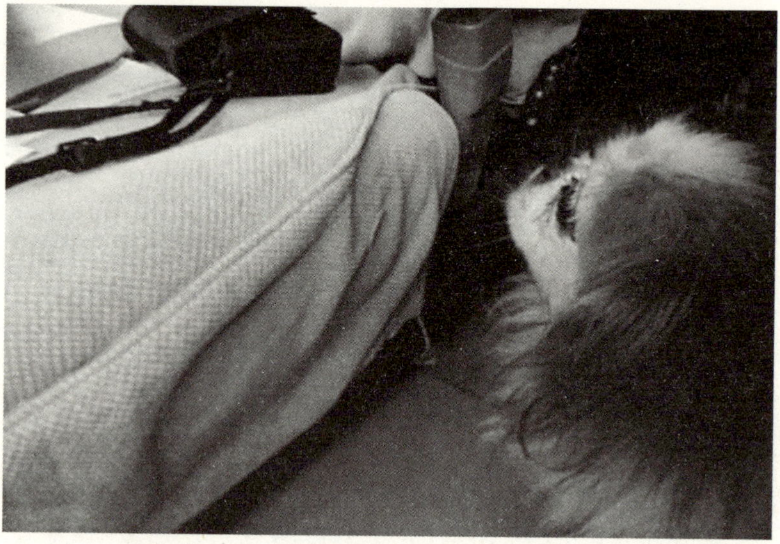

与姐姐离别后，欢欢看着姐姐坐过的车上的空位子，“呜呜呜”地低声悲鸣着，对与姐姐的分别非常的难过。

第十七章 离 别

前面已经讲了,欢欢对她生活的这个家已经显著地确立起一个整体的认知，也就是，她似乎越来越用心地守护着这个家的整体性，也就越来越敏感地观察着这个家因为任何一位成员的离别而造成的整体性损失。

但是,月有阴晴圆缺,人有悲欢离合,儿女大了不是上学就是工作,与父母的离别总是不可避免。就像我们这个家,大女儿在欢欢妹妹的陪伴下,从小学到中学,从初一到高二,终于快要上大学了。

其时,出国留学潮正在全社会流行,夫人一直希望女儿从高三起就去国外读书,然后直接考取那里的大学。而我出于希望女儿见见外面世界的想法,也赞成夫人的主意。

为了使出国手续办得顺畅些,夫人联系了一家代理机构,在经过了一段不长时间的等待后,女儿的出国事宜办妥。

马上就要出远门了,夫人开始为女儿准备行装。

一连几天,夫人收拾东西时,欢欢都要跑过来,但她并不像平时周末那样，只要我们一拿行包，她就往包包里挤，这几次她都只是蹲在旁边好奇地观看。

欢欢看什么东西特别用心时，她会全神贯注，目不转睛，而她的小脑袋会左歪一下，右歪一下，但两眼的视轴却不离目标，这个动作表明她是在盯着看一个具体的目标物。

最近也是这样，欢欢看着她的妈妈收拾东西，有时就走过去闻一闻每一件物品，然后又继续蹲在旁边。欢欢显然感觉到我们要出游了，而且是一次大的动作，但她可能好奇的是为什么不是周末？而且要准备这么多的东西？

夫人按出发的日子终于收拾好了全部行装，定于第二天一早全家一起到咸阳机场，女儿从那里登机，转场北京后直飞北美。

由于女儿第一次离开这么远，这天晚上我和夫人都迟迟不能入眠。一直在议论着女儿出国的事情，欢欢就卧在床旁的沙发上。她当然也没有睡意，一直在看着我们，在陪伴着我们的无眠之夜。半夜时分我迷糊着进入了梦乡。

早上还在蒙眬中，就听见欢欢“哼哼哼”地叫。完全醒了起来一看，欢欢正趴在床边看着我，夫人早已起床出去，门外有“窸窸窣窣”的声音。

我猛然想到今天的重要行程，于是赶忙起床洗漱后来到客厅，欢欢早已欢快地跑到前面。她大概猜到了今天会有一次大出游，所以表现得异常兴奋。

夫人和女儿已经备好了一切，我便把行李包往车上搬。

临走了，女儿和姥姥告别，同时她要把欢欢带到机场，夫人少有的一次立即赞同。我们驾车直驰咸阳。

一路上，女儿一直抱着妹妹，妹妹也表现得很乖，没有自行其是非要趴在前挡风玻璃后去观景，而是平静地偎依在姐姐的怀里，享受着姐妹的温情。我和女儿说着她学业上的事。

因为离别，就感觉特别快地到了机场。上到了二层车道处停下，女儿抱起欢欢亲了又亲，然后放到座位上，我们搬行李下车。

欢欢这一次很奇怪地特别听话。车门大开着，要在过去她早就跳下车跟着我们跑了，但这一次她却一直蹲在车座上，看着我们一件件搬完了行李，关上了车门。

我们朝候机厅走去，回头看蹲在车座上的欢欢，她已经趴在车窗后继续望着我们。女儿眼圈红红的，隔着车玻璃挥挥手说："欢欢，好好的哦！"很不情愿地转过身，随我们进了候机大厅。办完手续，女儿进到了大厅的里厅，眼圈红红的，向我们挥手告别，然后一拐弯就消失在过道的一侧。

我和夫人姗姗回到了车里。欢欢仍趴在车窗后，一会儿看看我们，一会儿望望候机厅大门。

因为与女儿离别，我和夫人的心情当然不好，所以我们也不说一句话。我整理着因超重女儿没有带走的东西，夫人坐在驾座上准备发动汽车。

这时，趴在车窗上的欢欢突然"呜呜呜"地叫了起来，然后就从车窗上下来，又跳下了座位，来回在车厢里跑着叫着，最后就又趴在车窗上，望着刚才姐姐进门的方向，叫声越来越响，而且还带着一股悲鸣。

我想，也许现在欢欢才知道了这一次并不是大出游，而是大离别，但她还不知道，今后几年她都见不到姐姐了。

欢欢的悲鸣很快引动了夫人，夫人忍不住抽泣起来。夫人本来是个乐世主义者，平素一副天塌下来也不在乎的气度，很少看见她有这样动情的时候。

一时间欢欢的悲鸣和夫人的抽泣声交织一起，也让我的心情变得极为沉重。但我还是强忍着。

我抱起欢欢，看着她，亲亲她，抚摸她，心里酸酸的，只想着：唉，今后几年身边就只有这一个女儿了！

欢欢在我的怀里一直“呜呜呜”地叫着，而且浑身发起了抖，我解开外衣扣，用衣角盖住她。她不可能是因为冷（当时正是八月的热天）。她完全是与我们一样，心情非常的悲凉吧！

夫人擦着泪水，我对夫人说：“我来开车吧。”

夫人说：“你就招呼着欢欢吧，想办法别让她叫了！”

我有什么办法呢？！只能把她更紧地搂在怀里。

夫人发动了车，我们载着一车的悲情回到了家。

欢欢一回到家就卧进窝里，一直到第二天下午不吃不喝。不光这样，此后好长一段时间，欢欢总爱往女儿的空房间里跑。女儿这一去至少要五年时间，但为了保留女儿仍在家的氛围，我和夫人不约而同地议定，女儿房间的一切都不动，床上被褥仍是每天都用的样子。

欢欢肯定意识到她的姐姐出远门了，但她却也像平时一样仍然每天到姐姐的房间走一圈，有时候就在床头边卧好长时间。

有一次岳母给我打电话，非常着急地说欢欢不见了。我一下子就想到了一个可能，让岳母到女儿房间再细细找，尤其在女儿的床上。

岳母按照提示，再次到女儿房间细看，发现女儿床被的一角鼓起来，她掀开被角，正是欢欢在那里卧着。

岳母本来因为外孙女出远门心情就不好，一看见欢欢这样，也不由得抱起欢欢落下了泪。

不管怎样，女儿总算顺利到达了大洋彼岸，不久就打来了越洋电话，报了平安。

这一天夫人与女儿又约好，晚上全家人与女儿通个长话。

晚饭后，我和夫人、岳母还有欢欢都来到女儿的书房，那里有网线。听女儿说网络电话比较便宜。

电话顺利接通了，夫人与岳母轮番着问这问那。欢欢似乎也意识到了什么，蹲在地板上观看我们的动静。

轮到我与女儿通话了，我问了那里的大学预科分班、管理和教学情况，女儿也简略地介绍后，就问起了欢欢。我告诉女儿自她走后欢欢的表现，女儿说："欢欢真——好——！"

我说："她现在正蹲在跟前看着我们与你通话呢，你在电话里喊她一声！"

我随即把对话耳机贴到欢欢的耳朵边。女儿在电话里喊了一声"欢——欢——"，欢欢立即瞪大了眼睛；女儿再喊一声"欢——欢——"，欢欢突然"嗷"地回叫了一声；女儿再喊第三声后，欢欢马上撇下我和耳机，"呜呜呜"地叫着跑开，快速地在这个书房、房外的大厅，然后又到隔壁女儿的卧室到处闻着嗅着寻找起来了！

女儿在电话里问欢欢怎么样，我说："糟了，她在房间到处找起你来了，找不到又要闹几天情绪的！"

女儿在电话那一头长时间地沉默。我在这一头喊了好几声，女儿似乎才缓过神来。

女儿说："欢欢的指甲该剪了。"

我说："你今后不用记这些了，要把注意力放到学业上！"

女儿说："我会的！"

全家人的通话结束了，欢欢却仍在各处寻找着她的姐姐。看着欢欢那样的着急，我在心里自责起来：我弄巧成拙了！我好心办坏事了！这下欢欢又要难受好几天了！

果然不出所料，这一次欢欢真的是两天不吃不喝，只是蜷卧在窝里，既不理大家，来生人也不叫。

女儿的两位姨妈来看老母亲，见欢欢蔫蔫的，不理不睬来人，就以为病了，让赶快抱去看医生。

我和夫人一听都笑了。她们不知道笑什么，岳母才给讲了事情的原委。

两位姨妈听了，大姨妈感慨地说："真还看不出，欢欢的情义这么重！"二姨妈惊讶地说："真是这样的话，咱也买一只小狗回来养！"

在前面，我曾提出了一种很理性的人狗关系论，即认为狗与人的关系，是狗首先忠诚于和人建立的一种亲密关系，而不是狗忠诚于养它的人。

但是，说实在的，我的这个人狗关系论是纯理论性的，说不好听点，是纯书生性的。因为许多人养狗养到最后，哪里还去思考狗的忠诚点在哪一处，早已经把狗当成了自己的"家人"了！

但我在这里要理性强调的，同时又不无遗憾地指出的，是在人与狗建立的这种亲密关系中，人并不是一个主动的角儿，而是狗首先对与人建立的关系既忠诚又一往情深。所以说，人与狗能够有这么亲密的关系，主要并不是因为人行，而是因为狗好！

仔细一想，人与狗的关系，非亲非故，最多是一种收养与被收养的关系，这样的关系在我们人与人之间，那就是一种社会关系。社会关系能达到像欢欢这样一种忠诚信任，并建立起深厚的情感关系吗？不是不可能，而是的确有点难！

事实上正因为人与人之间难以建立那种忠诚亲密的关系，但人又需要这样的关系，结果就找到了替代的狗！

所以说，是人找到了狗做朋友的，而不是相反。人找到狗恰恰是人自身存在着难以克服的品质缺陷所致，又是狗具有优良品质的一大证明！

作者所在地为千年古城、文化名城，一个是历史文化，一个是现实文化。欢欢的行为给人的文化启示却不可小视。这是爸爸带着小女儿在古城著名景点半坡遗址前留影。

中国人将过春节看得极重,每年腊月月底,我们这个四口之家都要回老家过年。欢欢在这个家的生活,她的各种行为,给爸爸以许多启示,让人有丰富的文化思考。

第十八章 文 化

在人类文明的历史进程中，一直有一些动物相伴，但却没有哪一种动物能像狗一样与人类有着这么特殊的关系。

特殊在哪里？

特殊在虽然狗对人类的生存并没有那么实用的价值（看家护院对人类的生命财产安全也至关重要，暂且不计），不像骡马牛那样提供畜力，也不如鸡鸭豕那样提供食物，但人与狗的关系却最为密切。

其原因何在？

正在于狗所具有的灵性达到了与人的灵性互感互动的程度，而狗对与人关系的忠诚，则弥补了人类在这方面的严重缺陷。

所以说，人与狗的关系其实是一种情感上、心理上和精神上的深度依恋关系。

既然有这么特殊的关系，那么围绕人狗关系形成一种特殊的社会文化现象就是自然的，对这种特殊的社会文化现象，我很正式地称之为“狗文化”。

虽然这些年文化热此起彼伏，层出不穷，各种文化都被总结出来，比如“美食文化”“饮酒文化”“扇子文化”“灯笼文化”等，但笔者孤陋寡闻，至今还未见有对“狗文化”的系统阐发或者较多关注。

事实上，研究“狗文化”可能更具有文化价值与社会意义。

比如，虽然说狗是人类最亲密的朋友，不论东方与西方都有这个共识，但对狗的社会舆论和社会观念，不同地域、不同族群与不同历史时期，却有着相当的不同，甚至是截然的相反。

当今世界，有一个国家是明火执仗的霸主，这个霸主国是谁，可以用当下的一句流行语“你懂的”来表述。霸主必然霸道，我们中国人最看不惯的就是霸道，从春秋时代就是这种心理，到了现在虽然中国的国民生产总值达于世界第二了，国家层面却仍然是“不称霸”的宣示。

但我们必须清楚，霸主是由强大造成，强大的原因有多种多样，有经济的、军事的、科技的，等等。但文化仍然是基础。霸主国流行什么文化？有华尔街的商业文化，有好莱坞的英雄文化，有精英圈的政治文化，有贫民区的世俗文化，等等。

这些文化都流行，但是，这些文化还都不具有跨地域跨族群跨阶层的普遍性。

在这里并不担心朋友们取笑，我现在要加上一条了：霸主国流行“狗文化”，而且非常强盛，这才是那个国家最具“普世价值”的文化之一。

记得那一年霸主国总统大选，一堆朋友聚在一起，高谈阔论谁能登上大位。我说克先生连任，理由很多，但他在任上时，许多场合屁股后面总跟着一条没尾巴的大黑狗，这样的因素也不可小视！

朋友们一听简直要笑翻，说我这邪招可比“盖洛普民意调查”省事多了,纷纷要与我打赌,赌注是大家聚一餐,谁输谁买单。

过了几天消息传来,果然克先生连任,朋友们却一个个装聋作哑再无声息,我也不可能把他们都揪出来非要聚餐不可。

后来又过了四年,又是霸主国大选,又与这一堆朋友聊天预测。我说自己虽然对小布先生不感冒,但看样子那个国度的人要选他。

朋友们笑问:“该不是小布先生屁股后总跟着条狗吧?”

我说:“不光是小布先生屁股后面那条狗,就连老布先生屁股后常跟的那条狗,也要给小布先生增加许多选票了!”

朋友们这次可没有打赌的热情了,有的还要我讲讲看法。

我就给朋友们卖弄知识:那个国家的人爱狗已经有点病态,光动物保护协会就有几千万会员。正常和平年代,霸主国总统选举经常是两党候选人票数相差不多,动物保护协会成员有时就会发挥决定性作用。总统候选人在大庭广众之下带条狗,很大程度就是给这个协会会员看的。

这其实是个社会观念问题。

一是那个国度流行的观念,认同狗是人类最忠诚的朋友,对狗应绝对尊重和保护。在那里,虐待家庭成员是自己的家事,家里人不告没人管,但虐待家里的狗等动物却是个社会问题,经常会被邻居告发,查实后轻则罚款,重则判刑。

二是那个国度的人认为,当总统最重要的是两项素质,一是爱心,二是忠诚。而爱狗既能直观地体现爱心,也能充分表达对忠诚价值观的认同。当然,近年来据研究霸主国政治的学者认为,总统候选人的产生背后也不乏复杂的、肮脏的交易,但公开的,摆到明处的,还是爱心与忠诚这两种最基本的价值观品相。

这两点不光在霸主国的总统选举中很重要,在各级地方选举中也至关重要,有时甚至能到荒诞的地步——经常有一些小城小镇小村选举一条狗当他们的“市长”“镇长”或“村长”。朋友们可能认为这是选民对选举的变相抵制,是瞎胡闹。当然,也可能有这样的用意,但选民为什么会通过选一条狗而不是别的来胡闹,总是与他们的“狗文化”的深刻影响有关,也与他们所选的狗为选民做出了贡献有关。

比如某个村子的一条狗某次从野兽的侵袭中救了这个村子的一个小孩,村民就真的认为这条狗对这个村子贡献最大,该当他们的“村长”。当然,狗是处理不了公务的,就由狗的主人“摄政”。

读者朋友们听了会觉得这个国度的人可真是傻到家了。

但是,中国的一位领袖说过:“世界上怕就怕‘认真’二字……”,许多时候“认真”不就被一些“聪明人”认为是“傻”吗?!西方的哲人也说过:“把复杂的事物简单化才是聪明。”那个国度的村民的确能把村长选举简单化,他们的逻辑就是:狗救小孩——狗是英雄——狗当村长。世界上的许多事情还真需要一股“傻劲”,同时世界也需要直截了当简单化。

朋友们听了,有的唏嘘,有的感慨,都认为我讲的有一定道理。

既然“狗文化”在那个国度里非常流行且异常强盛,那么,那里的大学表现如何呢?我在多年前研究那里的大学时,就知道了培养出近二十年全部霸主国总统的耶鲁大学,在同学中有一句非常流行的经典口号:“You go,dogg”(dogg 为狗的地方口语,常用英文词典里没有),翻译过来就是“加油啊,耶鲁的狗儿们”!

“耶鲁的狗儿们”当然指的就是耶鲁的同学们,是耶鲁同学把自己比作母校的一群狗儿。为什么?因为他们认为狗是忠诚的象征,他们要做母校最忠诚的学子,他们以此为荣。

“狗文化”在耶鲁大学的流行,造就了耶鲁大学的长盛不衰,而且居然打破了霸主国传统上三分之二总统出自哈佛,三分之一出自耶鲁的惯例，近二十年那个国家的总统选举居然全由耶鲁大学的毕业生垄断了。

有多少次我给同学们讲耶鲁大学的学风校风，讲耶鲁大学“骷髅会”的故事，讲为什么近二十年来那国总统或总统候选人都是耶鲁毕业生的原因，但这句“You go，dogg”的耶鲁经典名言却一直压在心底。有多少次话已到了口边却又咽了回去。我怎么能不顾忌我们社会的流行意识对狗的偏见啊！如果我对耶鲁大学的介绍被一些师生理解成“院长要我们做学院的狗”，这不成了说不清道不明的重大问题了吗？

事实上，这根本就不是一所学校的事情，也不是单纯的教育领域内的事情，而是全社会的问题，具体说就是我们的社会近百年来的“文化异化”问题，其中的“狗文化”是“分裂型文化”。

比如对待狗，明明日常交往中大家都认同狗是人类的忠实朋友，但我们的社会流行观念却对狗存在着严重的歧视。社会名流用狗骂人已成习惯，提笔就骂，政府搞“打狗运动”毫无怜心，说打就打。

就连那次在我眼前对狗下黑手的几位“打狗英雄”之一，有一次居然也在狗市买狗，让我认了出来。我过去质问他：“小伙子，你上次打狗不是很凶吗，怎么也来买狗？”

没想到他却很平静地说：“那次是执行公务，今天是我的私事，公私要分明嘛，私底下大家谁不喜欢狗呢？”

就这么几句话，还真把我堵了回来，我只能哑然无语了。但就这么几句话，却越发加深了我对我们的社会流行“分裂型文化”的确凿印象。

其实，的确不能简单地怪罪那些“打狗英雄”，甚至也不能简单地怪罪地方政府。这是一个很大的由中外民族冲突引致的近现代中国社会的总体病症，也是一个近百年来我们的民族文化歧出的大问题。

从客观上说，“分裂型狗文化”的流行，是因为百年前列强蜂拥来侵，国人中一些人当了汉奸洋奴，对洋主子献媚讨好，很像狗对养狗者的那种忠诚表现，结果，广大的爱国民众就以狗来指斥他们。

从主观上说，“分裂型狗文化”的流行也是一些精英人物推造的结果。比如很长一段时间，我们的主流意识把一位文学写手目之为“文化旗手”，甚至颂之为“民族魂”，但实际上他也是近百年来传播“分裂型狗文化”的代表人物。他对狗的贬损性词语在很长一段时间成了我们这个社会最为流行的口头语，比如“野狗”“疯狗”“走狗”“巴儿狗”“落水狗”“乏走狗”，等等。

由于客观和主观方面的问题，中国社会就形成了一个庞大的“分裂型狗文化”的流行观念体系。这个流行观念体系广泛渗透到社会的各个角落，渗透到民众的语言思维习惯之中，就造成了阴阳两隔的“狗文化”现象：在公域台面上流行“负面狗文化”，在私域个人层面上则保留“正面狗文化”。

不久前，我有一项意外的重大发现，兹列举在下面，以进一步说明关于“狗文化”的许多问题。

在我查阅一本由原北京外国语学院编写的大版本《汉英词典》时，发现在汉字“狗”项，国人常说的现当代带“狗”字的成语里，用英语表达时，却很少用“dog”(狗)这个单词。

且看以下例句：

汉语“狗胆包天”，英语是 monstrous audacity，直译就是“骇人听闻的胆大妄为”；

汉语“狗屁不通”，英语是 unreadable rubbish，直译就是“无教养的废物”；

汉语“狗腿子”，英语是 hired thug，直译就是“雇来的恶棍”；

汉语“狗眼看人低”，英语是 be damned snobbish，直译就是“可恶的势利眼”；

汉语“狗头军师”，英语是 a person who offers bad advice，直译就是“提供拙劣消息的人”。

……

大家看看，这么多对狗带有严重污损的现当代汉语成语词汇里，英文表述时只字不带“dog”单词，这并不意味着英语世界的文明程度高，而是说明表达上述语意时，并不必须用到“狗”字，但我们的现当代汉语成语词汇里却大量使用“狗”来表达，这说明了什么呢？

这明明白白表现了近百年来我们的社会语境对狗是怎样的态度，而对这语境的支撑又是怎样的社会流行观念！

有人会说，这些词语的损狗和名人的骂狗都指的是坏人嘛！

那为什么要用狗比拟坏人呢？狗是好的还是坏的？如果有人认为跟上好人就是好狗，跟上坏人就是坏狗，那这个人的智力肯定没有达到正常人的程度！

狗就是狗，忠诚与坏人的关系和忠诚与好人的关系，其意义是一样的，都只能证明狗是人类最好的朋友，只能证明狗的忠诚品性是纯粹的，是排除了各种私心杂念与功利目的的！

狗所能做的就是尽自己的本分忠诚于自己与这个人、与那个人的关系，它怎么能知道自己所忠诚的这个关系中的另一方是在干坏事，甚至是在利用自己干坏事呢？

在这种情况下，是人干了坏事，狗却因为忠诚而背上了恶名。那么，在这种情况下，从单纯评价忠诚这个好品质的角度看，已经没有了公平可言!

所以,因为我们人类的不善,使得狗类成了悲剧角色,成了宗教徒样的献祭者。

但是,越是这样,狗的品性的高大,人的品格的卑琐,不就越凸显出来了吗?!

所以,把养狗人的坏栽在狗的身上,这比鲁迅经常批判的阿Q精神其实更加低能!

进一步分析,上面罗列的汉语语汇,基本上都是近百年来流行于坊间的闲言俚语,而全社会的阳面骂狗现象,也是近百年来社会流行意识的产物。

那么,我们中华文化原本对狗是怎样的态度呢?

最具代表性的就是至圣先师孔子的一句自比语:“累累若丧家之犬!”看看,连圣人都以狗喻己,虽然这是对当时整个社会失去精神家园的深度叹息,但毕竟是以狗作比,这是对狗多大的尊重啊!然而,时至现今,一些虚妄之徒居然还以此来嘲讽孔子,而且还很有市场,这就不仅仅是“狗文化”的分裂问题了,而是我们整个社会的悲哀!

这就不难理解下述事实了,近百年来我们的社会意识出了问题,具体问题之一就是:我们的社会在用狗来代指坏人,实际却让人性中富有爱心、为人忠诚的那一种可贵的神性品质做了陪葬。

其结果就是近百年来人斗人的意识成为主流意识,人对人的嫉妒、憎恨、仇视和背叛充斥于我们的社会,我们现在每天都在品尝着对狗“批倒斗臭”后,社会文化环境劣质化的累累苦果。

可以说,我们今天的诸多困扰和不幸福感,原因之一就是因为“分裂型狗文化”的流行,就是对狗的优良品性进行大肆污损,从而严重恶化了人与人的关系所致!

对此，有朋友可能认为我的观点偏颇了，也许吧，但我作为一个对狗的品性有较多了解，对“狗文化”有更多思考的人，不得不这么认为啊！

所以，我是多么希望我们的社会阳面意识对狗的评价能有一点点改善，许多人对狗的阳面态度能有一个明显的转变。我想，如果我们大家都以狗的灵性、原则、聪明、忠诚、不私藏、有限度、互信赖、相依靠等优异品质做镜子经常对照自己，人与人之间建立起深厚的友谊、美好的关系，还一定是那么难吗？如果真的那样，我们的生活、我们的世界不是比现在美好得多了吗？！

对不起，我偏离了文学常道，写了上段关于社会文化的粗浅议论。但朋友们也能看出来，这完全是真情所致，意不能违。为了弥补离开文学写作的“过失”，下面我再讲出欢欢最后的几段故事吧。

阳春三月，春暖花开，大女儿远在国外，爸爸和妈妈带着小女儿回老家，但这却成了欢欢的最后一次。爸妈其时并不知未来，抱着小女儿笑得仍是那么温情。

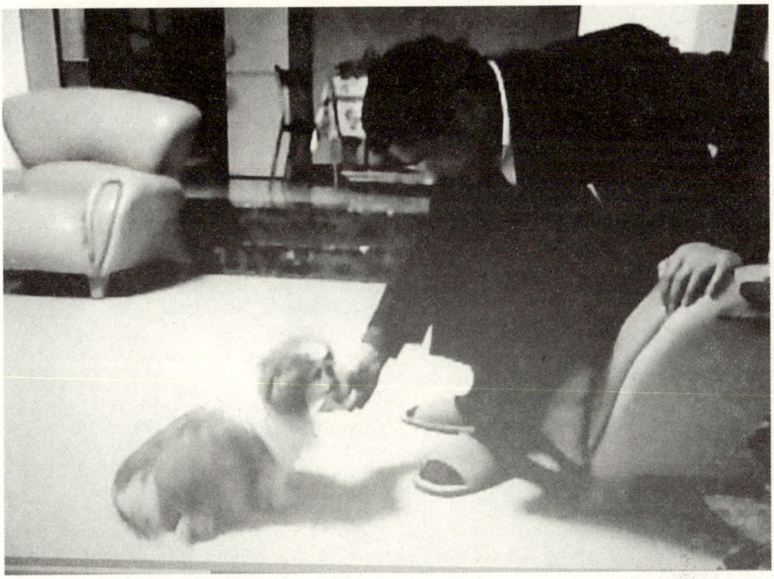

这是一张视频截图，不太清晰。其时，欢欢门牙已经全部脱落，爸爸将苹果嚼碎后喂给小女儿吃。

我的卧室里的写字台旁这个坐墩，正是欢欢长年陪伴爸爸写作的卧位。本来地板上有窝，但欢欢却非要卧在这个狭小的坐墩上，当然，这样离爸爸的心就能近几十公分啊！

第十九章 晚 年

斗转星移，时光荏苒。历史老人的脚步不知不觉走到了西历2008年。这一年的5月，中国发生了一场地动山摇的大灾难——汶川地震。而我的办学事业由于迁校，由于新校区的建设，由于授学位的延迟，各方面的状态也走到了低处。

为此我还写了一首《七律·心事》：

余半生奋斗，终圃桃李，倾心育英，殚精竭虑。然戊子秋长，家国皆是，余忧亦重，聊发笔端，以明心迹。

韶光桃李志嵯峨，倾尽家身拓大泽。
日月心魂培阵雁，春秋肝胆寄长歌。
神州风逆云遮目，赤县蓬荒雀鼓舌。
怅望清辉遥万里，沉忧弱羽困山河！

大家庭发生大灾难，中家庭有中问题，我们这个小家庭的小成员也有一些不小的变化,这就是,欢欢好像突然间衰老了!

其实衰老肯定是慢慢形成的,只不过大家平时不太在意。当有一天看到欢欢在某些方面不对劲时,这才掐指细算,一算方知,从西历 1995 年欢欢来到我们这个家,到现在已经整整十三个年头了。

古圣人说,为了事业可以废寝忘食,乐以忘忧,不知老之将至。的确,为了事业,自己也长时间不在意自己生命的流逝,两鬓的斑白。当然也没有注意欢欢状态的变化,老衰的到来。

事实上,从欢欢来时八个月大至今十三个春秋过去,欢欢实际上已经十四周岁,按照狗一岁相当于人七岁半换算,欢欢已经约等于人的一百零五岁。想想这样的年龄,看看欢欢的状态,似乎衰老一下子降临到了欢欢身上。

首先,欢欢的听觉开始迟钝,我们叫她,声音小了就没有反应。

欢欢一直有一个灵性耀人的表现,就是我们以特有的拉长了的呼唤声叫她时,她会答应。

也就是,平时以正常的“欢欢”这样的语速叫她,她会马上过来,但不会吭声,如果以“欢——欢——”这样拉长了的声音呼唤,她会“嗷——”地答应一声,叫一下答应一声,叫的人把声音提高,欢欢的答应声也提高。这样的表现曾经给许多亲朋好友演示,大家都说没见过,都觉得欢欢的灵性的确超强。

但现在这样的灵性经常表现不出来了。一开始是呼唤后欢欢瞪大眼睛向远处张望,过上几秒钟才答应,后来再怎么呼唤,也没有了反应。

接着,欢欢对屋外的动静,也越来越表现迟钝,有时连我们回到家在门外的停车声、锁车声,直至开门声,欢欢都听不到,等我们开门进到屋里,欢欢看见了才会过来与大家亲热。

另外,欢欢的活动也开始变得吃力起来,首先是跳高不利索。

我的房间桌旁有个坐墩，高四十厘米，顶面只有几个巴掌大。过去，在我伏案写作时，欢欢总会跳上去卧下。由于坐墩的顶面小，用力跃上时很容易冲过头又从对面掉下去，但欢欢每次把握得都非常准确，从来都是猛跳上去，稳稳站定，然后把身体调整成个圆圈卧下，不成圈的话，头和屁股会悬空。

就这样，我伏案几个小时，欢欢便静卧几个小时，其间我坐累了走动一下，欢欢也蹲起来打个懒张。我的几本书都是这样在欢欢的陪伴下写成的。比如那本引起一定反响的《中国精神论纲》，写完后记，我又情不自禁地写下了这样的语句：“现在已是夜半时分，窗外是淅淅沥沥的秋雨，室内是欢欢轻轻的鼾声。”

但现在，欢欢跳上坐墩却很吃力了。有时跳两三下还不行，我就把她抱上去。正因为看到了欢欢的老衰迹象，我才与文友秉宪议论欢欢，才下决心要尽快把欢欢的故事写成。

记得我在写完《我的小女欢欢》第一稿，于《散文视野》（该刊由余秋雨先生题写刊名，我所在大学主办）发表前，我又写下了一段动情的“尾声”：

本篇拙文的写成是我与《散文视野》编辑秉宪友的一次闲谈中说到了我的小狗欢欢，宪友听后建议我写一篇散文。应命之作，没想到一写就长，原因大概就在于我写的全是自己的亲历，而小女欢欢的趣事也实在太多。更重要的是她已经十三周岁，今年的衰老已经明显可感，也许几年后她将永远离我而去，虽然她去的地方必定是天堂，但我却不知道到那时自己的心境会遭受怎样的打击，就趁现在还正常时先写出一些文字，以记下与小女欢欢相处中的一些美好片段吧！

由于现在这部散文作品的成书，是先把原来已经发表过的重新打散修订，再增加了多一半的内容，章节也做了另外安排，上次的“尾声”部分已经不能在原篇章中保留了，故在这里将其整段抄录。

从以上文字可见，欢欢卧坐墩的情景与我的写作关系是如此密切，以至于在写欢欢的老衰状况时，欢欢与坐墩的故事仍撞击着我的心房。

再就是欢欢跳沙发。

多少年来，欢欢的大半时间都是在沙发上度过的。我们早上出门，欢欢为了目送方便，就跳到沙发背上先站着，在那里“站得高看得远”。

目送我们离家后，她就卧下。其实，她又进入了下一个盼归的过程，这个从目送到盼归的过程是漫长的，整整一天，整整一周，整整一年、三年、五年、十年，欢欢就这么在沙发背上将目送与盼归连接起来，度过了悠悠的岁月！

就这样，欢欢在沙发背上一卧便是一天，一年，多年。

如此在一个地方卧得太久，欢欢体温对沙发海绵产生了热变形作用，沙发背上欢欢常卧的地方居然压出了一个明显的窝窝。

晚上我们回来，大概就是欢欢一天最兴奋的时候。这种情况下，欢欢与我们每个人亲热后，她还要在沙发上撒欢，就是从沙发的这一头猛跑到那一头，从这个沙发跳到那个沙发。她从空中蹦跳的距离是惊人的，有时一下子能跳一米多远。

就这么欢欢猛跑猛跳，高兴到极处时还伴着发威式的大吼：只见她大眼圆睁，朝着空中“汪”地狂吼一声，然后就猛跳一下，再吼一声，再跳一下，直到舌头长伸，呼呼喘气。有时看着她太费劲，大家就想挡住她，可越挡越欢，没有办法，索性就由着她跳吧。

还有就是,欢欢在沙发上和我一起看电视,当然主要是动物演员的出场。这也是欢欢一个很重要的生活内容, 其中有一次发生的看训练警犬的真实故事,我在前面《灵性》一章里已经详细记叙过了。

总之,沙发就是欢欢最重要的生活场地,现在怎么能上去费劲就不上了呢?!

所以, 欢欢一定要上沙发。但现在她上沙发时显然要费力了,每回都要跳几下,有时跳上去了,有时跳不上去。这时,不忍心欢欢再费劲,便把她直接抱上沙发。

当然,欢欢如果跳了好几下,跳不上去也不再坚持跳,就静静地卧在我们的脚边,这时候我才想到,欢欢跳上沙发,主要是为了与她的爸爸亲近啊!

另有欢欢的上楼问题。

几年来,由于女儿在外读书,一到晚上,欢欢就要到三楼来,往往是我和夫人吃过晚饭一上楼,欢欢就跟上来,有时她还会跑到我们前面。上楼后欢欢在我房间待一会儿,在夫人房间待一会儿,最后根据我们俩谁睡得迟就卧谁的房间。为此,夫人还专门给欢欢多买了个窝,夫人房间放一个,我房间放一个。

但现在,每天晚上欢欢不马上跟着上楼了,常常要过好大一会儿才能听见欢欢上楼的“噗嗒”声,并且总是时断时续。一开始我和夫人都没有在意欢欢上楼的情况, 也就没有注意她上楼还有什么问题。

一天晚上我上楼后,在卧室忙了一阵电脑,出去上卫生间,看见欢欢上楼后并没有马上进我的房间,而是在楼梯口喘气,我这才想到欢欢上楼似乎已经很吃力了。

为了观察欢欢上楼的具体状况, 第二天吃过晚饭后我先上楼,就特别倾听楼下的声音。过了好大一会儿,楼下有轻微的“噗嗒”声传上来,熟悉的声音告诉我,欢欢开始上楼了。

我赶紧下楼去看个究竟。在一楼的楼梯口,只见欢欢刚上了两个台阶,正蹲在上面那个台阶上喘气。欢欢一仰头,看见我在上面,她并没有马上接着上。我在上面向她招手:“欢欢,快上来。”欢欢这才开始动作。

欢欢先是将两条前腿搭上前面的台阶,身子用力向前一伸,随之一条后腿跨了上去,另条后腿再跟着爬上去。这样就算上了一个台阶。紧接着,欢欢又重复刚才的动作,再上一个台阶。连上两个台阶后,欢欢停在那里喘息。

这哪里是在上楼梯呢,分明是在爬楼梯啊!看到眼前的情景,我的心头一阵悲凉。过去欢欢上楼都是直接“噗嗒噗嗒”连续跳上来,现在怎么成了这样?我在责问自己,欢欢从什么时候成了这样呢?

事实上,根据近半年欢欢经常上楼很迟的情况,估计她上楼费劲已经有很长一段时间了!可我却不知道,所以也就完全没有在意欢欢是这么吃力地爬着楼梯上来。

想到这里,我赶紧走下楼梯,抱起欢欢转身上楼,直接到夫人房间,给她说了刚才欢欢上楼的情景。

夫人向来比我理性一些。她说,天天抱欢欢上下楼也不是办法,因为欢欢撒尿必须在一楼卫生间。夫人建议以后就让欢欢卧一楼,为免得欢欢卧原来的平底窝空旷,给她买个小房子式的窝。夫人说她在附近宠物店见过这样的窝。

我说:“也只能那样了。但欢欢一直与我们一起住,让她突然住一楼不知道能不能接受,适应不适应?”

夫人说:“先试试吧。”

第二天,夫人去宠物店买回了那个小房子式的窝,是用玉米棒的外皮拧成绳,一圈一圈编织成顶部向上的三角形的小房子。

看见这个小房子，欢欢的灵性又一次展现。夫人只把小房子提回家往地上一放，欢欢便走过去，将这个小房子闻了一周，然后就自己钻进去头朝外卧下，下巴支在门槛上看着我们，一副很惬意的样子。

全家人看到这种情况都乐了。看来欢欢对她的新房子很满意。

此后，欢欢居然自己不上楼了。也许她的体力的确不允许她那样费劲地上楼，也许她通过我们给她买回了房窝，理解了我们的意思，总之，此后欢欢就住在了一楼。

再就是欢欢的牙口问题。

这也是悄悄地发生，默默持续了好长一段时间，我们才发现的，就是欢欢吃火腿肠的速度越来越慢了。

前面已经多次提到，欢欢的主食是每天两根火腿肠，也不用切开火腿肠的外皮，直接给她放盘里就行了。

多年来，欢欢吃火腿肠已经吃成了习惯，也练会了吃法。吃时，欢欢先用前爪子压住火腿肠的一头，然后去咬另一头，“咯嘣咯嘣”地咬破皮，再撕开一个口子，接着就用门牙从小口子里掏，边掏边拉，一根火腿肠就这样很快吃完。

值得注意的是，欢欢吃主餐的时间过去也就几分钟，但现在明显拉长了。我们吃饭前给她火腿肠，大家吃完了饭，欢欢还在那里啃着。

一次，我想探个究竟，给了火腿肠后在一旁观察，结果发现欢欢不是用门牙，而是用老牙从嘴的侧面咬火腿肠的外皮，这样就非常别扭，还不容易咬破。

由于欢欢有护食行为，等她勉强吃完又喝了水，我把欢欢抱过来检查她的牙口。由于欢欢的上嘴唇较长，向前向两边遮着下嘴唇，这种口形平时看着是很美的一种生理造型，但牙齿和口腔的状况就不容易看出来。

我左手把欢欢揽在怀里,右手指拨开欢欢的上嘴唇。

哎呀！不看不知道,一看吓一跳:欢欢的门牙全没了,只留下粉红色的牙床！老牙倒还在着。

我的心一阵抽紧,赶快叫夫人来看,夫人看后也唏嘘不已。

我说,咱们都粗心了,也不知道欢欢什么时候脱掉的门牙,让她吃食难受了多长时间?

夫人说,这两年建新校区,咱们实在太忙了,谁都没有注意。还是操心以后吧！

是啊,这两年的确太忙了。白天全部在新校区,只有晚上才回家,经常周末也在连轴转。现在好在知道了欢欢的牙口,以后就要特别注意了！

此后,每天给欢欢喂食时,不管是谁都要将火腿肠的外皮剪开,再后来直接将火腿肠内芯取出切成片,放在盘子里给欢欢吃。

另外就是欢欢眼角分泌物增多的问题。

欢欢近半年来外观上最显著的变化,就是她的眼角分泌物增多了。

这种情况具体是,欢欢的眼角总是流出黄白色的分泌物,而且很快干燥,结成痂,粘在眼眶周围。

过去,这种情况在欢欢身上从来没有出现过,因为欢欢一直有一个很好的习惯——洗脸。

凡养过猫的人大都见过猫咪洗脸,因为猫都爱洗脸,有时一天能洗好几遍。而养狗的人就不一定能见到自己的狗狗洗脸了,因为狗不一定都洗脸,至少是许多狗并不经常洗脸,或者根本不洗脸。

欢欢却是个例外。

欢欢很爱洗脸,有时一天还洗好几次。有的朋友可能不知道狗能洗脸,事实上不但洗脸,而且还非常有效。请看欢欢是怎样洗脸的。

首先是时间。欢欢洗脸通常是在大睡一觉后，这一觉睡得深睡得香睡得时间长，醒来后肯定要洗脸。这一点似乎与人完全一样，说明人的睡醒洗脸是科学合理的。

再看过程。欢欢一觉醒来，先伸个懒腰打个哈欠，趴着卧下便开始洗脸。只见她把右前爪伸到口边，用舌头舔爪子连毛带肉的掌面，舔湿了掌面，就用这湿掌面去抹右侧的脸，从上到下，一下两下，五下十下地抹。

当然，重点是眼角的地方。欢欢抹完半边脸后，还要特别仔细地专门擦拭眼角。抹完右边脸，再去舔左前爪，用这只湿前爪抹左脸，重点仍是眼角。如此这般，不大一会儿脸就洗完了。

这样洗脸效果特好。可能由于欢欢的唾液中含有许多生物因子，用它洗过脸后，欢欢脸上的毛色总是油光发亮，整个脸也鼻净眼洁，形态可人。

但现在，欢欢的脸不是这样了。眼角总是流出黄白色的黏性分泌物，先是从眼角流到脸上，再后来便从眼裂一圈向眼眶外渗。这种分泌物渗出后很快干燥，就在眼裂周围和眼角下形成一些干痂，干痂粘在毛上很牢，还真不容易擦下来。

为什么欢欢会有这么多的眼屎？作为医学硕士的我当然知道，这是由于欢欢年老体衰免疫力低下所致。那为什么欢欢不通过自己洗脸，把这些眼屎擦掉？

可能是眼屎产生的太多，干燥黏附在脸毛上，强力往下擦不舒服，而此时欢欢的唾液也明显减少，将爪子舔不太湿了。总之，是欢欢让人既无奈又揪心地衰老了！

但是，不能让欢欢带着一脸的眼屎生活啊！

这以后我就和夫人担起了每天给欢欢擦脸的任务。

早晨起来出门前，我用湿卫生纸巾尽量把欢欢一晚上的眼屎擦拭完。但这的确不容易，因为擦的时间一长，欢欢就不愿意了。晚上回来,夫人接着再擦。后来越来越多,我和夫人白天不在家,中午就由岳母加洗一次。

此后,我和夫人还专门带着欢欢拜访了一位古城的名兽医。兽医看了欢欢的状态,问了年岁,明确表示,这是衰老的自然表现,并且夸赞我们居然将小狗养到了这个年岁。但我的心情并没有因此而有一点点安慰,有的只是难以排遣的愁绪。

兽医还说,狗到老衰时还有一些更严重的病症出现,比如便秘,可能一周都拉不下来,还得灌肠呢。再有就是小便失禁,有一点尿都会流下来,这是由于脑萎缩,脑神经不能控制排尿动作了。还有就是一次普通的感冒,可能都会引起肺部感染,导致心肺衰竭而亡。

听了兽医对欢欢未来可能的描述,虽然从理性角度看,这是无可避免的,但从感情上说,仍然让我和夫人忧从中来。回家的路上,夫人和我有一段对话。

夫人说:"不管咋样咱们还是要尽心,让欢欢感觉到她仍然是健康的,最后也少点痛苦。"

我说:"你真是欢欢的好妈妈,我的好夫人。"

有的朋友可能认为这样赞扬夫人有点过了,一家人嘛,能那么肉麻?但我要说,这是发自心底的声音,心动而言出,由不了自己啊!

本来结婚后我就知道夫人和许多女士一样,有一种心理上的惧毛症,就是那些毛茸茸的东西,夫人不但不愿摸,就连看见心里都不舒服。

可是,我完全凭着个人爱好带回了欢欢,还把欢欢当成女儿。按一般人的意识,即便夫人对欢欢有后妈心态也再正常不过了,可夫人不但深爱着欢欢,而且也把她当成了女儿,许多吃喝拉撒睡的琐事全由夫人管着。

现在,我们的共同女儿欢欢不幸老衰了,我一定要像夫人决心当好最后的妈妈那样,当好最后的爸爸!

欢欢临走前一段时间，常常悄悄地上楼，静静地卧在爸爸或妈妈的房间，重温十多年的父女或母女深情。这张照片中，妈妈并不在房间，欢欢却趴在房门口，望着妈妈的空床。

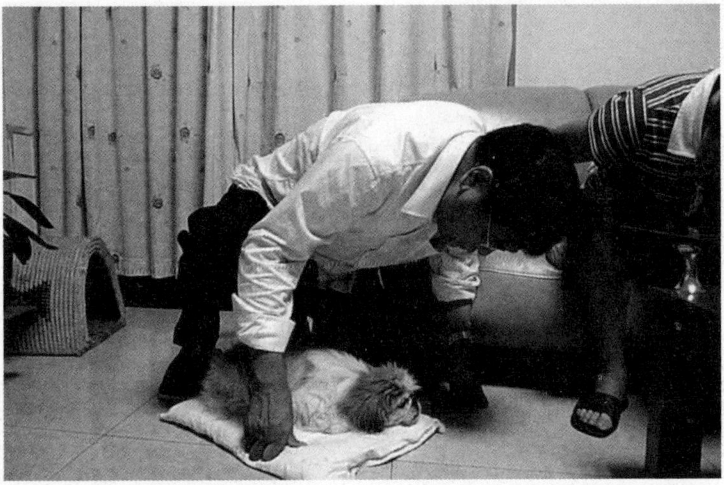

欢欢不幸到了生命的垂危期,呼吸急促,爸爸妈妈心急如焚,在密切观察病情变化,祈盼奇迹的出现。欢欢的神态却是平静安详的,这多少给了爸妈一点安慰。

欢欢在平静地见了爸爸最后一面后,溘然离去,十四年的情缘永远定格在这一刻。爸爸抱着女儿,陷入了深沉的失落之中。细看这个沙发背,左上有一个微凹,这就是欢欢每天等待爸妈常卧的地方,常年的体温居然让沙发变了形。

欢欢还是走了，爸爸妈妈神情凝重。女儿欢欢来到这个家十四年，陪伴着爸爸妈妈走过了人生最精彩的一个时期，她既是爸妈事业的吉祥物，也是这个家的情感黏合剂，她的离去，将成为爸爸妈妈心中永远的痛。

第二十章 永 生

多灾多难的西历 2008 年终于过去了，这一年在大家（国家）、中家（学校）、小家发生的许多事情也都翻过了历史的一页。

西历 2009 年，新中国将迎来建国六十周年大庆。我们的办学事业也将进入一个稳定的发展期，因为新校区的基本建设终于告一段落，办学条件已经大为改善。

时光倏忽，转眼又到了这一年的 8 月。炎热而漫长的暑假即将结束，新同学就要入学。这一天我在新校区连着召开了几个会议，周密地安排了迎新工作。根据此前的招生咨询情况看，学院显然已经走出了去年的低谷。

我和夫人仍是每天早起晚归。早上我出门前照例给欢欢擦净眼睛，意外的是这一阵子欢欢的眼屎明显减少了。

欢欢虽然早已不能跳到沙发背上目送我们，但她却转到了客厅那块落地大玻璃后面。大玻璃的里面挂着布帘，玻璃下有半尺高的台子，只要我们一出门，欢欢便从门口跑到大玻璃后，钻进布帘，趴在台子上，透过玻璃目送我们离去。

欢欢在那里能趴多久？有一次我开车已经出去了半小时，又返回来取东西，发现欢欢仍在大玻璃后趴着，向着我们离开的方向眺望。由于欢欢听力已经丧失，她肯定不是听见了我返回的车声，而是一直在那里趴着啊！

忙了一天，我和夫人晚上回家，夫人也发现欢欢的眼角比过去干净多了，问岳母，岳母说她仍是中午给擦一下眼角。她也发现欢欢的眼屎比过去少多了，不仅这样，欢欢好像比过去还有精神了。

岳母说："过去送走你们，欢欢就卧回窝里，有时候中午该吃东西了也迟迟不起来。但最近却是卧一卧就出来到客厅走一走，这儿闻闻，那儿嗅嗅，我中午做饭，欢欢也跟到厨房，总在脚边蹲着，我转身挪脚都要先看看脚边。"

大家都为欢欢"返老还童"样的状况感到高兴。

一天早上，我还在床上迷糊着，夫人跑过来让我赶紧起来看欢欢，我问怎么回事，夫人说欢欢昨晚不知什么时候上楼，在她床旁的地板上趴着睡了一夜。

我赶快起床，还没等下去，欢欢已经跟在妈妈后面过来了。欢欢来到我的床旁，她并没有像过去千百次那样，立即趴在我的床头边，而只是蹲在床下能看见我的地方，深情地望着我。我赶快伸手过去摸摸她的头，挠挠她的脖颈，抚抚她的脊背。

我们都为欢欢忽然又愿意上楼，而且还能自己上来感到惊奇。同时也为欢欢状况的转好非常欣慰。

夫人说："欢欢上楼一定很累的，要么今晚咱们上楼时在一楼楼梯口挡一下。"

我说："欢欢会根据自己体力慢慢上，适当活动对老年人还是有好处的。"

听到我这样专业的建议,夫人当然也就表示同意。

我们洗漱完,我抱着欢欢下楼,吃完早餐照例是欢欢目送我们出门。

晚上回家,岳母说:“欢欢今天精神可好了,你们走后她上到二楼,抓晨晨(女儿)的房门,我给开了后她在那儿卧了一上午;中午下楼吃了东西,下午又上去卧着,直到你们快回来时,她才下来。”

我抱起欢欢,将她的小脸贴在我脸上亲了又亲,对夫人说:“欢欢一定想姐姐了,娃那边怎么样?”

夫人说:“毕业答辩已经通过了,就这几天准备回来。”

我一听,真的是喜不自禁,然后又转向夸欢欢:“看咱们的小女儿对姐姐回来都有预感了,提前到姐姐房间去预热感情呢!”

夫人说:“女儿的学业成绩不错,拿到学位没有问题。”

这一点我是放心的。我为自己有两个这么灵气的女儿很是自得。

这天晚上,我们没挡楼梯口。第二天早上我醒来一转头,就看见欢欢趴卧在我房间的地板上,头朝向我,两只前爪前伸,下巴贴着地面,大眼睛正朝我的床上张望。看见我醒来了,继续趴在那儿没有动,只是摇着尾巴向我“问好”。

欢欢大概是在后半夜才上到三楼,她是悄悄地进来,静静地卧在那儿,以致我晚上没有一点感觉 。

我朝隔壁的夫人房间大喊:“昨晚欢欢又上楼到我房间了。”

夫人已经起来正在洗漱,闻声过来,口里还插着牙刷。她看见地上的欢欢,竖了竖大拇指,又出去做她的事了。

我起来走到欢欢身边。欢欢仍趴在地上, 她只是转过头看着我,我抚摸着她的头和脊背,心想:欢欢越来越情深意厚了啊!

我也洗漱完毕, 抱着欢欢下楼。早饭后我和夫人一起出门,欢欢却没有转到大玻璃后目送我们,而是紧跟着出来,一直跟到汽车旁。我怕行车伤着她，又把她抱回前院，并安抚她："就待这儿别动。"她反正早晨是要在草坪上撒尿的，所以就没有把她抱回屋里。

夫人发动了车。我从后视镜看见欢欢仍蹲在那里，就对夫人说："欢欢没跟。"夫人一踩油门，车缓缓地开出了院子，右转左拐出了小区大门。

夫人将车开上了大路，忽然说："欢欢最近的表现，我总觉得有点不对劲。"

我问："有啥不对劲？"

夫人说："说不清，就一种感觉吧。"

人们常说女人有第六感觉，从生理学上说，女人对事物的认知趋于直觉，而思维特点是意象化，也就是将看起来不相干的事情可以没有任何证据地联系起来，有时候，结果证明这种联想居然非常准确。

有了对夫人这样的认识，夫人的话就不能不让人思量，于是我便将欢欢最近的表现串起来，就感觉欢欢好像很珍惜她周围的一切，总想着与我们多亲近一些时光。

联想到这里，我的心头袭来一股凉意。作为医学硕士的我，当然知道欢欢的年岁意味着什么。但我最后还是给自己和夫人宽了心："狗的年岁不是还可以到十六岁吗？按咱们欢欢的状态，应该可以到的。"

夫人说："这一年咱们要多抽出时间陪陪欢欢。"

我说："欢欢是咱们家庭和我们事业的吉祥物，家庭照片拍了许多，事业起步也拍了一些，而恰恰是事业发展起来后，却没有带欢欢到单位去。等这几天忙完，先带着欢欢在工厂、学校的标志性建筑物前留个影。"

夫人表示赞同，说："应该的。"

今天是西历2009年8月26日，明天09级同学就要进校了。经过一年的调整，学院办学已经有了更高层次的提升，全院教工从领导到员工，大家都鼓着一股劲，决心从09级开始，把学院各方面的工作做得更好。我到了学院忙了一上午，下午与高层又最后一次检查了迎新的各个环节。

正走在回办公室的路上，夫人打电话过来说，欢欢病了，家里让赶快回去，她先回去送欢欢到医院。

我的心头一紧，却仍安慰夫人说："早上欢欢还好好的，估计不会有大问题。你开车稳着点。"

夫人的车技绝对一流，但她是个急性子，有时一着急就在车流中左钻右插。夫人在电话那头说："知……"电话就没声音了。估计她在说"道了"的同时已挂断了电话。

本来我是应该与夫人同行的，但原已定了下午还有一个重要会议由我主持。再者我虽然是医学硕士，而且还当过几年医生，但对狗的病，还是要听兽医的。

处理完了一切，也到了下班时分，赶快要来一辆车正准备回家，夫人电话打来了，她用低沉的声音说："欢欢可能不行了！"

我一听这话，就在电话这头喊起来："怎么回事？早上还好好的，是不是受凉了，肺部感染也没这么快啊！"

夫人说："是心肺功能衰竭，不是普通受凉。"

我仍不相信："心肺功能衰竭是要有诱因的，咱们早上走时不是好好的吗！"

夫人说："早上咱们开车走后，欢欢没有回家，而是跟着车跑了一段路，虽然没出小区，但被小区的几条狗追赶打闹，当时就躺在草地上不能回家了，还是咱妈在小区草坪上找到，才抱回来的。"

我说："既然这样那就按心肺功能衰竭治疗啊！"

夫人说："我还在医院，你和大夫说说。"

医生很客气，先问好，然后说："理解你们的心情，但这狗是老衰，不是其他疾病引起的，按心肺功能衰竭治疗只能延长它的痛苦！"

我说："不是说狗可以养到十六岁吗，欢欢怎么不行？"

医生耐心地说："通常大型犬养好了可以到那个年岁，小型犬也就十二三岁，你们养到这个时候，已经很不容易了。"

我继续在电话里说："谢谢您这么讲。但您按心肺功能衰竭治疗，会不会有例外呢？"

大夫说："您这么提问题我就不好说了。如果能过了今晚，明天再治疗说不定会缓过来。"

"那就请您按这个思路治疗吧！"我在电话这头请求道。

大夫在那头说："好吧。"

我匆匆上车，疾驰回家，却正遇上了下班高峰，车到城乡接合部就堵上了。没办法，只好心急火燎地缓缓跟行。

好不容易回到家中，夫人带着欢欢早回了一步。欢欢趴在小褥子上（岳母专为欢欢做的），大口地喘着气，但呼吸动作还算有力。

我蹲下摸摸欢欢的身子，是温热的。摸摸欢欢的胸口，心跳很快，也算有力。欢欢见我抚摸她，还抬头看了一下，她的眼睛是有神的，而眼神是平静的。这眼神一下子送来了一份安慰。

夫人说："回来时打了两针，现在精神明显强了一点，下午一直连头也抬不起来 。"但最后夫人还是贴在我耳边说，"医生的意思是强心针只有几个小时药效，可能过不了夜里十二点！"

我说："咱们尽心，也许会有奇迹的！"

这时，岳母把欢欢怎么追车，后又在小区院子怎么被别的狗追逐打闹说了一遍，岳母语气里有点自责。

我赶快安慰岳母：这事怪我们，车起步时只看见欢欢蹲着，没想到车很快转弯就看不见她了，这时我们如果再停一下车就会发现她在跟车，可我们没有停车。最后很动情地说："妈，您一辈子不爱养小狗小猫，可我们把欢欢带回来，您照样管照样爱，这十几年来，在欢欢的生活方面，您替我们操了多少心啊！"

岳母说："应该的，不说这些了。"

作为当过医生，又是医学硕士的我，看着欢欢主要是呼吸困难，就想起了一个医疗技术问题。

我问："兽医院里没有氧气吗？"

夫人答："没有。"

我知道氧气是易燃易爆品，管理非常严格，兽医院是不会惹这个麻烦的，而人医院里没有病人需要也不可能领出来。

我在脑子里疾速地搜寻着办法。给欢欢增加供氧不行，那就降低欢欢身体的氧消耗，这样也能减轻心肺负担。这时已是仲秋时节，晚上九点后院子里非常凉爽，而且空气清新。

我给夫人提出建议，夫人抱起欢欢出门，我也跟到院子，我要夫人直接把欢欢放在草地上，这样欢欢体温容易降下来，对氧的消耗自然就少了。夫人有点不忍心。

我说："现在顾不了那么多了。"

夫人尊重我的意见，把欢欢直接放到了草地上。

这时岳母出来说："晚饭已经热了好几遍，我在这儿看着，你们赶快回去吃饭吧。"

经岳母一提醒，我和夫人才想起，已经晚上九点多了，真的还没有吃晚饭！

我和夫人进屋匆匆吃了晚饭，又到院子里看护草地上的欢欢。岳母说，欢欢呼吸比刚才平缓多了。岳母退休前一直在古城的一家大医院从事护理工作，她的观察当然是专业的。

我摸摸欢欢的胸口,心跳的确慢了一点,呼吸次数也减少了,但欢欢也不再抬头看我。

我和夫人商量分开时间段看护欢欢,夫人让我值前半夜,因为第二天是新学年的开学日,我不能缺席。

我对夫人说,我值到两点吧,夫人说就一点她来接。我也不再说啥,只催她上楼休息。

岳母和夫人离开后,我坐在小凳子上开始值班,其实就是陪伴着欢欢守着长夜,希望欢欢平安地度过这个不幸的夜晚。

看着眼前的女儿,忆起了十多年来欢欢在我们家的概略:她粗食淡饭,陋屋简窝,只要有机会,她就与我们亲近,时刻陪伴在我们身旁,始终守护着这个家。她给了我和家人多少安慰,又给了我们这个家多少欢乐啊!

她拒找对象,没有儿女,并且天然就没有私心。在她的陪伴下,我的事业从无到有,从小到大,可她却孑然一身,什么也不去分享!可以说,她才是真正把一生都无私地奉献给了别人,奉献给了我们这个家啊!

我就这么深情地回忆着,同时也密切地观察着,揪心地注意着时间一分一秒地过去,慢慢逼近那个危险的十二点钟。

十点钟过去了,十一点钟又过去了。这时晚风徐徐吹拂,送来阵阵凉意。院子里路灯的弱光,穿过树枝树叶洒下来,照得草地斑斑驳驳。眼前,欢欢趴在草地上,下巴贴着地面,仍然急促地呼吸着。我蹲下去用手电从侧面照看她的脸,她的眼睛睁得大大的,眼神却还是那么平静。

十一点半过去了,十二点过去了!欢欢仍在喘着气,但疾速的程度明显减轻了,我心中升腾起一股强烈的希望。心想,说不定欢欢能度过今晚,医生不是说药效只维持到十二点以前吗?

快一点钟时,夫人下来接我的班,她用手电筒从侧面观察了欢欢后说:“好像呼吸平缓多了。”

我说:“是的,医生不是说药效只能维持到十二点吗,现在的情况应该是欢欢靠着自己的生命力。”

夫人说:“到底是医学研究生,看来放草地有好处。医生说过了今晚,说不定能缓过来。”

我说:“就看欢欢的造化了。现在还是把欢欢放回屋里,不然后半夜地气上来草就湿了,欢欢体温不能降得太低。”

夫人赞同。她又把欢欢抱回屋内,仍然让她趴在地板上。这时欢欢侧了一下头,看了我们一眼,下巴贴着地板继续趴着,喘气的确轻了一点,但仍然比较急促。

为了让屋里空气保持新鲜,我把大门和侧门打开形成空气穿流,门外有防盗网,安全是没有问题的。

我在夫人催促下赶快上楼休息。一看表,已经一点多钟了。

上楼洗漱后躺下,半天睡不着,就想着欢欢渡过了本次危机,我和夫人要专门带她到她原来曾经生活过的好几个地方走走,尤其要带她到没有去过的地方,我们的事业所在地——工厂和学校的标志性建筑物前合影,以分享她陪伴我们十多年来,我们努力奋斗的成果,以在我们的事业发展进程中留下她的身影。

想着想着,也不知道什么时候终于入眠。

“丁零零”“丁零零”,一阵手机铃声吵醒了我。是我给自己的手机调了叫醒功能,因为今天可是开学的第一天,不能迟到啊!

我马上起床下楼看欢欢,一出房门,见夫人在洗漱间正忙女人家脸上的事,我的心“咯噔”一下,立刻感觉到欢欢可能不在了。忙问:“欢欢呢?”

“缓过来了!”夫人答。

“真的？”我又反问一句。

“早上我一看缓过来了，就先上来收拾一下。”夫人有点疲惫地说。

一听这句话，真有点喜出望外！心想，这就好了，这就好了，欢欢还是给她的爸爸妈妈机会了，我们可以兑现自己的许多心愿了。

我快步下楼去看欢欢。

欢欢仍趴在地板上，下巴贴着地面。我俯下身凑近看欢欢，她的喘气动作已经停止，呼吸变得平稳，眼睛仍是那样平静，还多了几分安详。见我凑近她，她的上眼皮还眨巴了一下。

她真的缓过来了！

我一下浑身变得轻松，快步上楼去洗漱。

夫人还在洗漱间忙着她的事，我就插进她身边也忙起自己的事。

我说：“你昨晚没休息，今上午欢欢还得再治，最好别动欢欢，打电话把大夫请过来，咱们付出诊费。”

“大夫自己来不方便，还是我去接。”

“那就辛苦了，吃完饭我到学校，有事电话上说。”

“咱的女儿嘛，多年来也没让咱操什么心。你忙你的吧。”夫人有点动情地说。

洗漱完毕，我又回卧室收拾东西，笔记本电脑是必须带上的，还有其他一些资料。我刚把资料装进包里，一手提起电脑包正要下楼，却听见岳母在楼下大喊：“你们快下来看欢欢！”

我和夫人快步跑着下楼，从楼梯口即可看见岳母蹲在地上，正用手指头在欢欢鼻前试探她的呼吸，欢欢的头侧歪在一只前爪边。我快步跑过去俯下身，欢欢的大眼睛微闭着，嘴半张着，呼吸已经没有。我赶快去摸胸部，心跳也已停止，可我刚刚才离开了不到二十分钟啊！

我抱起欢欢软瘫的身子，久久地搂在怀里。心里想：我的好女儿，医生说你只能到半夜，你却坚持到了天明，难道你就是为了不让爸妈的希望落空，才与死神搏斗了一夜吗？你的妈妈守了你一夜，难道你就是不忍心让妈妈的辛苦白费才坚持到了早晨吗？从早晨到刚才爸爸一直不在你的身边，难道你就是为了见爸爸最后一面，才将一丝气力硬是留到了刚才吗？

夫人见我极度的失落状态，从怀里接过欢欢，自己又重新抱好，安慰我说："欢欢其实一直在坚持着，她已经达到了生命的极限！你去年已经开始写欢欢的散文，很感人，今后有机会再写出更好的，让欢欢在你的笔下永生吧！"

夫人说得对，我应该而且必须用自己的拙笔记录下与欢欢十四年的父女情、母女情、姐妹情，让我的好女儿欢欢得到永生！

夫人提醒："接你的车已经在外面等了一会儿。后面的事我来处理吧。"

我再望一眼夫人怀里的女儿，迟钝地转过身拉开门，走到了前院。再也没有女儿欢欢有时跟在脚后，有时挡在腿前的感觉；再也没有大玻璃后那一双炯炯有神的送迎爸爸妈妈和亲人的大眼；再也没有……

一轮朝阳正在东边天际升起。仰望头顶，灰暗了几周的天空突然放晴，而且晴得那样彻底，整个天穹如同海水洗过一般，变得碧蓝纯净。遥看万里晴空，没有一丝云彩。秦岭山脉终南山峰清晰可见，其中那一座笔峰山下，就是巍巍学府，美丽校园。我自言自语："今天是开学的第一天，也是西历2009年的8月27日。"

"八，二七"，我又重复了一下这三个字，突然，一个联想闪过脑际，这不是"爸，儿去"的谐音吗？

也许是偶合，也许是天定，我的好女儿欢欢，将她生命的最后时刻永远定格在这一天，而这一天正是她的姐姐从大洋彼岸飞回的日子，就只差这么一天，姐妹俩却再也不能相见了！

正是这一天，也是爸爸事业所在的那所大学新学年开学的第一天。欢欢走了，一个人、一个家庭的一段历史结束了，虽然爸爸的事业还要继续发展，但却再也没有好女儿欢欢相陪相慰了！

我的好女儿欢欢，我想她已在天堂，她已在神界。她用自己的品性证明了世间的灵性到底应当是什么，而她又用自己的灵性启示了她的爸爸和爸爸的同胞们，应当怎样生活才能收获幸福！

我的好女儿欢欢，将在这永恒的证明和启示中得到永生！

甲午年正月十九、西历 2014 年 2 月 18 日完稿。西历 2015 年 2 月 9 日再改。西历 2015 年 10 月 2 日晚最后一次修稿。

这是欢欢离世后当年，爸爸找到一位雕塑师为欢欢雕刻的一尊玉石像，雕塑师将欢欢的耳朵夸张了，眼睛却缩小了，整体还可以。现在这尊雕像就在爸爸的办公桌旁，而鲜活的欢欢则永远留在爸爸的心底。

附文:藏猗知识

西藏猗犬知识介绍

(根据网上收集整理)

中文名:西藏猗

别名:袖狗、祈祷犬、西藏猎犬

英文名: Tibetan Spaniel

原产地:中国

历史起源:西藏猗犬是中国古老的犬种,早在西周时期就可找到它的踪影。其中西藏袖狗就是此犬中最罕见的珍品。普遍认为,藏猗犬从唐代就已经大量出现,由西藏喇嘛饲养。“西藏猎犬”仅是作为一个名称,并没有用于狩猎。在西藏因此犬总是跟随在僧侣祈祷车周围参与活动,通常又被称作“祈祷犬”。事实上,一直以来,它们是寺院喇嘛的伴侣犬,也被当作观赏犬。

藏猗犬智商颇高,机灵,忠诚,善解人意,善守家门,体型小的称为袖狗。据传过去多由藏传佛教寺院大活佛和西藏上层贵族随身豢养。以后从西藏传入内地,在中央王朝皇宫中饲养,因此也称“宫廷犬”。它被作为进贡皇帝或朝中大臣及僧侣们互相馈赠的珍贵礼品，养于门禁森严的王室宫廷，一直鲜为人知。由此，藏獚犬也始终自然繁殖，现在优良纯种很稀有，近年来身价倍增。据了解，八哥犬、北京犬同属西藏獚犬的后代。

西藏獚犬、冬虫夏草和猫眼石被称为“藏地三绝”。在世界屋脊这一块古老而神秘的土地上，孕育了许多血统纯正、品质优良的名犬，西藏獚犬就是这些具有东方气质和神韵的名犬之一。

习性：欢快自信，聪明机灵，避陌生人。易与孩子相处，是很好的家庭宠物。

培育用途：起初用途：寺院中的伴侣犬；现在用途：伴侣犬。

自然寿命：13～14年。

西藏獚犬体部描述

整体：肩高：24cm～25cm；体重：4kg～7kg。

头部：头部与身躯的比例恰当，傲然昂立。给人的印象是气质颇好。

耳朵：中等大小，下垂，上有大量饰毛，耳根略高于头。

眼睛：深褐色，圆形，明亮而富于表情，中等以上大小，有的眼特大，距离分的较开，但目光是正前方，眼圈为黑色。

鼻子：短于口吻，黑色发亮。

嘴巴上部：口吻短，钝而柔软，没有皱纹。上唇遮盖下吻，下巴略宽。

躯体四肢：颈部：粗而短，结实，位置恰当。背部：水平。肋骨支撑良好，且有足够的深度。前躯肩胛位恰当稳固。后躯结构良好。膝关节发达，角度适中。飞节位置低，从后面观察笔直。

足掌：小而规整，指甲粗而回弯。

尾巴：尾巴位置高，有大量羽状饰毛，运动时，尾巴卷在背后。

披毛：双层被毛。脸部和腿前部的毛发平滑，身躯的毛发长度适中，躺在身躯上，较平坦。耳朵和腿后面有精致的羽状饰毛，尾巴上和臀部上的毛发较长。颈部有丰富的“鬃毛”或“披肩”，雄性比雌性更明显。脚趾间的羽状饰毛延伸到足爪上。

毛色：各种颜色和混合色。

步态：动作快速，直行，小跑，舒展。

声音：洪亮清脆。

后 记

小狗欢欢的故事讲完了。但我还应该把这个故事集从孕育到出世给朋友们交代一下。

欢欢是西历 1995 年春节过后进的家门，到 2008 年已经十三个年头过去，加上她进家门前八个月大，这时就已经十四岁了，而这一年她的变化也很大，衰老好像突然袭来。这让我意识到接下来的几年，将会发生什么事情。想想这些，心里就有说不出的惆怅。

这样的心情有一天讲给文友秉宪。一提欢欢，自然是至情至性，绘声绘色，大约一下子打动了宪友。宪友其时正编《散文视野》，他便建议我把欢欢的故事写下来，在该刊上刊出。我本来时断时续地在文学园地练笔，也有这个想法，现在受文友的鼓动，就答应下来。

由于《散文视野》出刊在即，我必须马上动笔。西历 2008 年的新学年第一学期，白天工作非常繁忙，只能晚上回家捉笔。

每天吃过晚饭立马上楼，这时欢欢也会跟上来，趴在桌旁的坐墩边望着我。我知道她想上去，卧高了离老爸的脸近一些，一抬头就能看见她的老爸。对于这个坐墩,过去欢欢也只是一跃而已,但现在却不行了。每到这时,我把欢欢抱上去,心中跟着就有一股紧迫感。

伏案打开电脑,稍稍整理一下思绪,便在手写板上信笔疾书起来。这么一口气书写四五个小时,欢欢也在那静静地安卧四五个小时。她在陪伴着爸爸写她的故事,但她却不可能知道这个。不过,只要欢欢在那卧着,我的文思就如泉涌流。

经过十多个夜晚的突击写作,《我的小女欢欢》第一稿出来了,收笔时我看着身旁的欢欢,动情地写下了一段“尾声”(在“晚年”章里)。

打印出草稿转交宪友,请他做文字把关。宪友评价说很感人。我又修改润色后,再交散文家陈长吟先生。

陈作家看完文稿的次日,即给我打来电话表示祝贺,他说自己从前半夜连读两遍到后半夜,第一遍出于好奇,第二遍就用文学的眼光了。结论是,作品是成功的,故事是有趣的,细节是感人的,有些地方还比较精彩。当然,他也从文学角度提了一些很好的建议。

后来就是《散文视野》刊出,结果这一期刊物在一个圈子传开,很快被索取一空。

再后来就是西历 2009 年 8 月底,欢欢终老,永远离开了这个世界。此时距写成《欢欢的故事》第一稿只过去了不到一年。按理,这个时候应该乘着离情别绪再写第二稿,但是不行,根本没有一点文思,有的只是对欢欢的深念。

这时,我学会了上某个社交网,便将自己的网名定为“欢欢的爸爸”。同时,我还找到一家石材雕刻厂,给他们一些欢欢的照片,让雕刻了一尊欢欢的卧像,为此我还专门买了一副景物架放在办公桌旁边,将雕好的欢欢玉石像放于其上。这样,至少从心理安慰上说,欢欢还在我的身边。

但是,关于写作《欢欢的故事》第二稿,西历 2010、2011、2012、2013 四个年头过去了,却一直没有动笔。

终于,西历 2014 年到来,完成《欢欢的故事》第二稿的文思也如潮涌来,我几乎等不到放寒假就开了笔。写出几个片段后与 2008 年文稿比对,感觉还可以,而且明显有了一些文学味。尤其是经过几年的沉淀,欢欢那些有分量的故事都突现出来,其他一些浮尘般东西反而随着时间的流水漂走了。于是,写好《欢欢的故事》第二稿信心大增。

甲午年的寒假加春节,我停止了许多外出活动,每天只埋头写作。本次写作,除了将 2008 年的稿子按文学的要求重新字斟句酌,润色分段外,又增写了更多的内容,章节也大体按时间顺序重新安排,书名也重定为《欢欢的故事》。

说来也巧,今天随着这个后记的收笔,《欢欢的故事》作为一部文学作品就算全部完成了,而明天正好开学,我又该忙办学的大事情了!

甲午年正月十九日(西历 2014 年 2 月 18 日),于终南山下观山居

致意:《欢欢的故事》样书出来后,不少朋友索取先睹,给予鼓励。后又专意送给多位作家评论家阅评,孙见喜先生、和谷先生、陈长吟先生、周养俊先生、仵埂教授、张念贻先生、王春女士、杜睿后学等均发来了高水平的评析文章。多年的文友秉宪先生仍进行文字把关,作家出版社的朋友们认真审读编辑装帧,方使本书以较高的质量面世,在此向他们深表谢意!

作者:刘家全

农历乙未年秋月,西历 2015 年 10 月 2 日

图书在版编目（CIP）数据

欢欢的故事 / 刘家全著. -- 北京 : 作家出版社，2016. 3

ISBN 978-7-5063-8839-9

Ⅰ. ①欢… Ⅱ. ①刘… Ⅲ. ①散文集 - 中国 - 当代 Ⅳ. ①I267

中国版本图书馆CIP数据核字（2016）第064184号

欢欢的故事

作　　者： 刘家全
责任编辑： 张　平
装帧设计： 丁奔亮
出版发行： 作家出版社
社　　址： 北京农展馆南里10号　　**邮　　编：** 100125
电话传真： 86-10-65930756（出版发行部）
86-10-65004079（总编室）
86-10-65015116（邮购部）
E-mail:zuojia@zuojia.net.cn
http://www.haozuojia.com（作家在线）
印　　刷： 北京明月印务有限责任公司
成品尺寸： 152×230
字　　数： 150千
印　　张： 13
版　　次： 2016年5月第1版
印　　次： 2016年5月第1次印刷
ISBN 978-7-5063-8839-9
定　　价： 32.00元
